全民微阅读系列

翱翔的雄鹰

吴连广　著

江西高校出版社

图书在版编目(CIP)数据

翱翔的雄鹰/吴连广著. —南昌:江西高校出版社,2017.9(2020.2 重印)

(全民微阅读系列)

ISBN 978-7-5493-6072-7

Ⅰ.①翱… Ⅱ.①吴… Ⅲ.①小小说—小说集—中国—当代 Ⅳ.①I247.82

中国版本图书馆 CIP 数据核字(2017)第 225553 号

出版发行	江西高校出版社
社　　址	江西省南昌市洪都北大道 96 号
总编室电话	(0791)88504319
销售电话	(0791)88592590
网　　址	www.juacp.com
印　　刷	永清县晔盛亚胶印有限公司
经　　销	全国新华书店
开　　本	700mm×1000mm　1/16
印　　张	13.5
字　　数	180 千字
版　　次	2017 年 10 月第 1 版 2020 年 2 月第 2 次印刷
书　　号	ISBN 978-7-5493-6072-7
定　　价	36.00 元

赣版权登字-07-2017-1177

版权所有　侵权必究

图书若有印装问题,请随时向本社印制部(0791-88513257)退换

目录 / CONTENTS

第一辑　大西北的天空

胡杨姑娘　　/002

天给的孩子　　/005

喀拉托克拉克　　/009

三个牧羊人的游戏　　/012

闯入者　　/017

城堡　　/020

牧羊人　　/024

驴子的事情　　/027

恰达克吾买尔江　　/031

我就是想进城看看你　　/033

晒巴依库尔班　　/037

寻宝　　/041

牧羊人与野兔　　/044

奔跑的野兔　　/048

寻梦　　/051

吐鲁洪买买提和他的小毛驴　　/055

少年与羊群　　/058

画梦　　/061

逃出塔克拉玛干　　/064

穿越塔克拉玛干的马车　　/068

头羊　/071

生活是一辈子要思考的问题　　/074

艳遇　/077

丝路驼铃　/080

第二辑　巴音布鲁克草原

三鞭子　/085

父亲　/088

驯马　/091

草原爱情　/094

赛马　/098

翱翔的雄鹰　/101

草原之夜　/104

暴风　/108

飞翔　/111

父亲与鹰　/114

少年与鹰　/117

巴音布鲁克之夜　/120

第三辑　军警天地

大漠追凶　/125

老朋友　/129

老兄弟　/132

老对手　/136

便衣老苏　/139

大队长老麦　/142

狙击手左敦江　/145

警花尼沙　/148

土专家　/152

9号军马　/155

老兵　/158

上昆仑　/162

17号兵站　/165

昆仑兵　/169

第四辑　兵团旧事

躲不开的目光　/174

弹片　/177

伤疤　　/180
妹妹找哥泪花流　　/184
冷美人　　/187
捡来的便宜　　/189
老牛的自行车　　/192
老何的褂子　　/196
兰金发的秘密　　/199
胡杨林里的爱情　　/203
光棍连　　/207

第一辑

大西北的天空

胡杨姑娘

夏天,吉力力从不在屋里睡觉,他就喜欢睡在牧羊小屋的屋顶上。牧羊小屋连个窗户都没有,巴掌大的地方,风都进不来,屋里面实在太热了。

一天持续的高温,终于降下来了。吉力力吃过晚饭,爬上屋顶的时候,天色已经麻麻黑了。他站在屋顶上,迎着夜风向远处张望了好半天。他也不知道自己在看什么,反正没有什么事儿,就这样把时间熬没了也不错。可是时间的脚步没有加快一分一秒,还是把他困在牧羊小屋的屋顶上。当他准备坐下时,一撅屁股,一串有粗有细,还有一点疙里疙瘩的屁就溜了出来。他下意识地扫了一眼身旁,并没有人,只有黑咕隆咚的夜色,他忽然嘿嘿地笑了起来。他还想放几个,可是他怎么使劲儿也没放出来。他想,要是在家里,妻子一定会狠狠瞪他一眼,之后再吐一口唾沫说他:阿斯达(天啊),你都多大的人了,啊?管不住自己的嘴,还管不住自己的腚吗?毛驴才像你这样一点也不会脸红。

快半个月没见妻子了。说不想老婆,那是骗人的话,男人哪有不想老婆的。可是想了也白想,一百来公里的路程不是说走就走的。说真的,就这点路程要是骑摩托车,也就是两三个小时的事。可他走了,这些羊怎么办?他坐在屋顶上,把一根莫合烟卷得又粗又长。点上火之后,那支莫合烟就像一个工作中的红按钮,在他一吸一吐之间,发出很明显的光亮。

一想到妻子,吉力力就有一点浑身燥热的感觉,裤裆里的那东西也不老实起来。他掰起手指头开始算,还有几天才是月底。上次妻子走的时候,说好了,这个月底才带孩子来看他。这一算反倒让他更失望了,还有十几天妻子才会来。他叹了一口气,想躺下,尽快地进入梦乡,如果运气好,还能梦到那个胡杨姑娘。这是吉力力给梦里姑娘起的名字。为什么叫胡杨姑娘呢?他也说不清楚,反正在这四周全是胡杨林,他觉得叫胡杨姑娘最有意思。其实,吉力力还有一个不能告诉别人的想法,那就是,如果哪天在胡杨林里真的碰到一个姑娘,那该有多好,那个姑娘也像梦里梦见的那个胡杨姑娘一样:一双像葡萄一样的大眼睛,让男人一见到就被勾过去;一张比村花阿孜古丽还白的面孔,哪个男人见了都会心痒痒。可他从春天盼到现在,还没有在胡杨林里见到这个胡杨姑娘。他觉得,这是迟早的事儿,只要他天天这么想,终有一天,胡杨姑娘会来见他的。

说来也很奇怪,他每一次梦见胡杨姑娘没几天,妻子就带着小女儿来了。有时他觉得妻子就是那个胡杨姑娘,不然妻子为什么就带着小女儿来了呢?!说真的,每次妻子来时,他都把妻子当作了胡杨姑娘。特别是晚上的时候,他希望天色特别黑,最好伸手不见五指,他也就看不到妻子那张很寻常的脸了。他也在心里问过自己:妻子长得很难看吗?回答是否定的,不难看。可是要和村花阿孜古丽相比就差得太远了。吉力力知道,自己能娶上妻子那样的女人,已经很不容易了。对他这个只会放羊的男人,她从来没说过什么,也从不嫌弃他。嫁给了他就像母羊一样生羊娃子,一连生了两个儿子一个女儿。吉力力说不能再生了,再生我们就养不起了。妻子这才不生了,跑到医院上了个节育环。

可谁不想自己的妻子美得像仙女一样呢!其实,当他第一眼看到村花阿孜古丽时,他的心就被勾走了。可是他知道自己有几斤几两,他像看着一朵小花开放一样,看着阿孜古丽结婚生孩子。一年之后,吉力力也结婚了。结婚后,妻子就给他找了这个放羊的活儿。妻子还说:吉力力,我们要好好地干,别人家有的我们都要有,我就不相信,太阳老是照着图拉洪家。

让吉力力刚结完婚就去放羊,他还是有一些不情愿的。刚结完婚就跑到胡杨林里放羊,见妻子一面都很难。他有时觉得妻子这个女人,就是喜欢和别人比,自己过自己的日子,和别人有啥好比的呢?!图拉洪是村里的首富,家里不仅有大卡车还有漂亮的小汽车。说老实话,吉力力从来没敢想,有一天,自己家的日子也会像图拉洪家一样。几年过去了,他放羊,妻子在家里种地伺候孩子,太阳好像真的照了过来。

吉力力是什么时候进入梦乡的,他已经不记得了,反正数星星数着数着就睡着了。

醒来的时候,天已经大亮了。圈里的羊咩咩地叫着。他打开圈门,羊群像鱼一样冲了出来。吉力力跨上摩托车,把羊群赶向胡杨林深处草多的地方,他才骑着摩托车回到牧羊小屋做早饭。刚吃过早饭,他想歇一会儿再去看羊群。忽然,吉力力听到小小的声音,好像是女儿在叫他爸爸。他像被电击一般地从胡杨树墩上跳起来。可是他又坐下了,他想,是自己太想女儿的缘故,自己出现了幻觉。女儿呼叫的声音再次传来,他也喊了一嗓子:茹仙古丽。

爸爸,快来帮妈妈拿东西呀!是女儿茹仙古丽的声音。

他看到远处胡杨林里老婆抱着女儿,肩上还背着个大包。

妻子一屁股坐在地上说:走不动了。

妻子气喘吁吁地说:昨天晚上,有一辆小四轮拖拉机,说是往这个方向来,就带着女儿搭了个便车。本来开车的想再送一程的,可碰到一个大深沟过不来,我就带着女儿走路过来了。

到了牧羊小屋,女儿说"困死了",就歪倒在小土炕上睡了。

看到女儿睡着了,吉力力抱起妻子就往外跑,在一棵胡杨树下,吉力力铺好毯子,把妻子轻轻地放在毯子上,他一抬头看到亮光闪过,他真真切切地看到胡杨姑娘钻进了妻子的身体。

天给的孩子

那是怎样的一个夜呢?实在太可怕了,黑沙暴突然降临,一点预兆都没有。

那一夜过后,小镇一片狼藉。很多几十年的大树都被拦腰刮断,驴圈羊圈都被掀了个底朝天,东街的一户,驴圈墙也被刮倒了,还把驴腿给砸伤了。还有的人家被沙子埋了小半截。就在大家忙着铲除街上的沙子时,一个四五岁的小男孩突然出现了。

这个小镇很小,四周被一圈胡杨林包围着,几乎过着与世隔绝的生活。小镇人互相都认识,谁家的孩子也都知道,甚至谁家的驴、谁家的羊都不会搞错。可是这个孩子走过来时,谁都不认识。大家停下手里的活儿问:孩子,你是谁家的呀?你的爸爸妈妈是谁?

孩子眨巴眨巴眼睛,望着大家摇了摇头。

你是从哪里来的呢?

孩子还是摇头。

那你这是要到哪里去呀？

孩子没回答，仍然静静地看着大家。

小镇人面面相觑，这个孩子像从天上掉下来的一样，没人知道他的任何信息。这个孩子来得有点蹊跷，小镇距离外界很远，就是一个大人骑马，也要走三天才能见到距离小镇最近的村庄。这个孩子是怎么来的呢？这简直就是一个谜，大家也不知道该如何处理了。有人说：不管怎样，总不能让这个孩子流落街头吧。离开我们小镇他也许会死的。

这孩子一定饿了，好心的阿布拉老爹说，帕夏勒罕，你给这个孩子弄点吃的吧！

帕夏勒罕大婶没有犹豫，她扯着很高的嗓门说：恰达克幺克（没有问题）。哎呀！昨天打的馕，今天落了一层土。这个该死的黑沙暴，来的时候也不打个招呼，我也好把馕盖起来呀。不过没关系，还可以吃，今天早上我也吃的馕。

阿布拉老爹说：帕夏勒罕，你这个人呀，哪儿都好，就是话太多了，一句话的事情，你可以说上几毛驴车。当当当的，一天要浪费多少口水。

阿布拉老爹，你这样说，我肚子有一点涨（生气）了，长了嘴巴不是光用来吃饭的，也是让人说话的。帕夏勒罕大婶表现出生气的样子，边给孩子拿馕边说：阿布拉老爹，我的口水不值钱，想要多少有多少，不劳烦您操心。

大家都听出帕夏勒罕大婶不高兴了，但是小镇的人都知道她心直口快，心里什么事儿都藏不住，有了就要说出来。帕夏勒罕倒了一碗水，递给那个孩子说：别光吃干馕，喝点水。

这个孩子既不报他的姓名，也不说他父母是谁，大家伙更不知他的家在哪儿。大家再次停下手里的活儿，说：这个孩子怎么办呀?到哪里找他的父母去!

找孩子的父母,我觉得不现实。小镇的皮匠艾贝杜拉说:我看,我们还是先收留这个孩子,他的父母如果来找,我们就还给人家。你们看,这样行吗?

大家都认为可行,可是由谁家收留这个孩子呢?

阿布拉老爹偷偷朝帕夏勒罕使了个眼色,大家明白阿布拉老爹的意思,说:帕夏勒罕大婶,这孩子长得很漂亮,就留下他给你做孙子吧。孩子吃的粮食和费用,我们会想办法的。

你们这些人呀,心就像胡麻一样小。帕夏勒罕大婶说:一个孩子能吃多少用多少,不用你们这些小心眼儿男人们操心了,这个孩子从现在开始就是我的孙子了。

帕夏勒罕给孩子起了一个名字,胡达拜地(真主给的、天给的)。

小镇有一条小河,常年水流潺潺,也是小镇唯一的生活生产用水来源。夏天,小镇的气温非常高,地表温度高达五六十摄氏度。胡达拜地最喜欢到小河里游泳。好像这个孩子天生就会游泳,跳进河水里他就像一尾小鱼儿,非常畅快地游着。小镇的孩子们也都喜欢到小河里游泳。可是,孩子们发现了一个秘密,胡达拜地游着游着就不见了,隔一段时间,孩子们发现胡达拜地又在小河里游着。

一个好奇的孩子就把这件事说给了爸爸。可爸爸并不觉得这有什么奇怪的,对儿子说:你的小脑袋瓜子,不要成天胡思乱想,也许人家去解手了,你没看到;或许,人家潜在水里,你也没看到。有很多原因,都会让你产生错觉的。

可孩子还是觉得很奇怪,他要搞明白胡达拜地到底跑哪儿去了。第二天,大家又都跳进小河里游泳,那个孩子一直观察着胡达拜地的一举一动。胡达拜地一个猛子扎进水里,好长时间也不见露头。那个孩子没有放弃,依然紧紧地盯着水面四处扫视着。忽然,在下游的不远处,胡达拜地露出了脑袋,之后爬上岸。他看到胡达拜地肚子很大,就像被吹起来的羊皮袋,鼓鼓囊囊,好像肚子里面装了很多东西。一眨眼的工夫,胡达拜地就不见了。那个孩子觉得更奇怪了,他决心一定要搞清楚其中的秘密。这回他连眼睛都不敢眨,一直盯着胡达拜地消失的方向。

就在那个孩子感觉眼睛看累了的时候,他看到胡达拜地一溜小跑地跑回来了。他的身体也恢复了原状,不再是一个鼓鼓囊囊的羊皮袋。这么长时间胡达拜地到哪里去了呢?他去干什么了呢?这都成了那个孩子的疑问。看着胡达拜地又一个猛子扎下去,他知道胡达拜地还会消失。他悄悄地爬上了岸,藏在离刚刚胡达拜地消失地方不远的一个草丛里。

果然,胡达拜地又爬上了岸,身体好像更鼓鼓囊囊了。胡达拜地跑得很快,就像风一样蹿了出去。那个感觉奇怪的孩子紧跟在他的身后,他怕慢一步胡达拜地就消失了。跑出去了很远,在一片幼小的胡杨林里,胡达拜地停下了,他的身体就像浑身都有眼儿的大水壶,水就从那些眼儿往外喷。这可把那个孩子吓坏了,他惊愕地叫出了声。

胡达拜地听到声音,回头看到那个孩子就在身后,也觉得很突然。很快他镇定下来,对那个孩子说:你不该来,你看到了,我就得走了。

那个孩子说:为什么呢?

因为,我是胡杨爸爸,他指着那些幼小的胡杨苗子说:这些都是我的孩子。

胡达拜地让那个好奇的孩子转过身去。等他转过身,胡达拜地不见了,可在他的脚下却出现了一湖清水,那个湖很小。

多年以后,那个小湖的四周长满了郁郁葱葱的胡杨。

吾斯曼江·买买提再讲起那段故事时,小镇人还是不信,可那个小湖依然存在于小镇外。

喀拉托克拉克

麦麦提江第一次发觉有人闯进了他放牧的胡杨林时,并没有太在意。他觉得是路过这里的羊群,过一两天就走了。可是一连几天,那群羊都没有离开的意思。他在心里盘算着:莫不是这个家伙看到这里的草好不想走了?他想,该去看看了,是谁想占了这里的草场呢?!

说真的,他不想发生不愉快的事情,可是人家是不是也这么想的呢?他不知道。他在牧羊小屋里找了半天,也没找到一件合适的家伙。最后他拿起一根杨木棒子感觉还不错,就向那个放羊的人走去。还没走到那个放羊人的跟前,就冲过来两条牧羊犬,龇牙咧嘴地向他示威。他举起木棒想吓跑两只牧羊犬,却不料,这两个家伙更凶了,几乎要扑上来咬他。他不敢过度挥舞木棒,怕这两个家伙趁机扑上来,他手里的木棒就失去了威力。这两个家伙可不是好惹的,把他的木棒硬是咬去了一块。这个时候,他也进退两难,人与狗就这样僵持着。他现在有些后悔,不该冒冒失失地就来了,这下可好,被两只牧羊犬给缠住了,这要是传到村里,乡亲们还不把牙笑掉了。

喂,有人吗?麦麦提江眼睛盯着那两只牧羊犬,嘴里喊着。

喊了几嗓子,也没有人答话。当他想慢慢往后退的时候,从不远处的胡杨林里传来一个沙哑话语声,谁呀?然后就是唤牧羊犬的声音。牧羊犬听到主人的唤声,扭身向喊声跑去。

他终于可以松一口气了。我是牧羊人麦麦提江。他说。

从胡杨林里走过来一个身材魁梧,足有一米八几的人,一脸络腮胡子,眼睛深深地陷在眼窝里。看到来人的模样,麦麦提江心里一下子就凉了一大截,别说对付不了那两条牧羊犬,就是面前这个家伙,他也没有一点办法。

哦,是麦麦提江大哥,我还想这两天杀只羊,请你过来一起吃呢。那个大个子牧羊人说。

羊,我请你吃,麦麦提江说,请你换个放羊的地方。

那个大个子牧羊人哈哈笑了起来,说:麦麦提江大哥,这么大的胡杨林,你一个人多没意思,有我给你做个伴儿多好。再说了,就你那一百多头羊,也吃不完这胡杨林里的草。说着大个子牧羊人从腰间掏出一包红河香烟:来,麦麦提江大哥,抽一根。

你那没劲儿,我还是抽我的莫合烟。麦麦提江蹲在地上说:胡杨林里的草确实很茂盛,可茂盛你也不能随便就闯进来呀!这是我们牧羊人的规矩,不能随便闯进别人的牧场,你是刚学会放牧的?这没人告诉你吗?

大个子牧羊人笑着说:知道知道,我刚不是说了,这两天杀只羊,请你过来吃羊肉。

羊肉,今天晚上我请你吃,过几天,你赶着羊群走吧,到别的地方放你的羊吧!看麦麦提江说话的架势,没有一点商量的余地,他脸上没有一点笑容,眼神一直盯着大个子牧羊人。他抬起头扫视了一圈,缓了缓口气说:我在这里放羊已经十多年了,这里就像我的家一样。

像这么好的草场不好找了。大个子牧羊人望着麦麦提江笑了笑说:麦麦提江大哥,这里不是那个叫喀拉托克拉克(黑色胡杨林)的地方吗?我听说这里不知什么时候曾刮过黑风,一刮起来就天昏地暗的,像一堵黑墙压过来,黑风还会把羊羔卷跑,有这事吗?麦麦提江大哥。

麦麦提江一听大个子牧羊人说起这个传说,他觉得赶走这个大个子牧羊人就在此一举了。他点点头说:有,这是真的,你没见过黑风来的时候有多可怕,就像一个有着无数个黑色魔爪的怪物,张牙舞爪地扑过来,你会感觉世界末日到了。黑风过后,羊群就会少几只或几十只小羊羔。他觉得这样还不至于吓退大个子牧羊人,他说:可怕极了,把我的牧羊小屋都搬走了。

大个子牧羊人打了个寒战说:这么可怕?明天我赶着羊群就离开这里。

那当然,麦麦提江窃喜,捋了一下稀疏的山羊胡子说,不看这里的草好,我也早走了。

我也不想离开自己的牧场到处游荡。大个子牧羊人叹着气说:可是今年牧场太干旱,没有牧草,总不能让羊啃地皮吃吧!

是呀,在一个地方住惯了,谁都不想离开呀!麦麦提江顺着大个子牧羊人话说:走,到我的牧羊小屋坐坐,晚上,杀一只羊羔,也算没白认识一场。你说烤着吃还是清炖?

大个子牧羊人说:全听麦麦提江大哥的。

那一夜,真的刮起了昏天黑地的黑风。胡杨林里发出树干被折断的响声,麦麦提江躲在牧羊小屋里大气都不敢出。好不容易盼到了天亮,麦麦提江才发现,牧羊小屋的门推不开了。他只好从天窗爬了出来,沙子已经把牧羊小屋埋了大半截。再看羊圈里的羊,真的少了几十只羊羔。他一屁股坐地上,嘴里骂着可恨的黑风妖怪,一夜之间,就把他编的故事变成了现实。本来他只是想编个故事吓跑那个大个子牧羊人,可是这一夜黑风,和他讲的一模一样。他狠狠地抽了自己两个嘴巴,他觉得是自己的胡言乱语招惹了神灵。

最让他无法交代的是,怎么向羊的主人说?好好的羊羔说没就没了,他告诉羊的主人,他们的羊羔是被黑风妖怪抓跑了?可谁信呢!

麦麦提江突然想起那个大个子牧羊人。可是那个大个子牧羊人早就不见了踪影,好像那个大个子牧羊人就从来没有来过这里。他觉得自己做了一个不好的梦。可看看被埋的牧羊小屋和仅剩的羊,麦麦提江心想,这一年辛苦算是白费了,还得给人家赔丢失羊的钱。

那时,村里正在传说那场巨大黑风的威力。

麦麦提江不知道谁把一百多公里外的那场黑风传到了村里,他有些窃喜!他在心里告诫自己,以后要管住自己的嘴,不能瞎编故事,瞎话说多了会遭报应的。

三个牧羊人的游戏

在偌大的胡杨林里,不止吐达洪一个牧羊人,在东南方向十多公里的地方,还有个叫居曼斯迪克的勺子(傻子),带着个勺子老婆在放羊。

这对勺子夫妻吐达洪都见过,他们见了人只知道傻笑,什么也不会说。可是,自己的情况还不如这对勺子夫妻,最起码那个勺子男人还有一个勺子老婆,可自己连个勺子老婆也没有。他觉得,真主对他太不公平了。不就是自己少了一只眼睛,是个罗锅嘛,竟然连个女人也不给他一个,哪怕是像勺子居曼斯迪克那样的勺子老婆也行啊,总比自己这么干熬着强多了。

一想到这些,吐达洪心里就不好受,感觉鼻子酸眼睛辣,眼泪总好像要流出来似的。想一想自己这辈子,活得挺让人揪心的,生来就是个罗锅不说,小的时候,还把一只眼睛弄瞎了。到了该娶老婆的时候,他眼睁睁看着村里的姑娘一个个嫁人,就连村里的那个二勺子古丽旦也被人娶走了。吐达洪彻底失望了,只有那头小毛驴陪着他了。他不想留在村里让人笑话,当别人茶余饭后嚼舌头的谈资。他要远离这个令他伤心的地方,他就带着小毛驴离开了村子,成了村子里最年轻的牧羊人。一眨巴眼睛,十几年过去了,生活没什么变化,只是自己的罗锅好像又大了一些。算一算,自己已经四十好几的人了,还不知道女人是啥味道,真是白活了。他有时候想,自己还不如那只种羊。一到母羊发情期,你看,那只种羊丁得多带劲儿,从这只母羊身上下来没多大一会儿,又爬到另一只母羊身上。每次看到那只种羊精神抖擞的样子,吐达洪心里就会有一股莫名的酸楚和嫉妒感。

吐达洪躺在胡杨树荫下,想睡一会儿,可是脑子里全是那事儿,没有一点心思睡觉。他歪头看了一眼在不远处吃草的小毛驴,心里升腾起一股无法抑制的热烈。他扑腾地爬起来,快快地走了过去,牵过小毛驴,找了一个小土坡,脚尖一跷屁股一扭就侧骑在驴背上了,脚跟使劲儿一磕小毛驴肚子,就噔噔噔上路了。

吐达洪要去看望那对勺子牧羊人去。到了那对勺子牧羊人的牧羊屋，太阳还高高地挂在天上，那对勺子牧羊人并不在，他知道一定是放羊去了。他爬到牧羊屋的屋顶上，手搭凉棚四处观望，可是并没有看到那对勺子夫妻和羊群。居曼斯迪克达洪。他扯开嗓子喊了起来。那个勺子男人叫居曼斯迪克达洪，这是对维吾尔男人的尊称。他也不知道为什么会尊重一个勺子，但是他觉得这样称呼一个勺子，不仅体现了对一个勺子的尊重，也是对自己的一种肯定。

太阳渐渐地沉下地平线了，天色也渐渐暗了下来。吐达洪这时才听到勺子夫妻赶着羊群回来，他从屋后的树荫站起来，伸了一个懒腰，打了一个长长的哈欠，躲在墙角，等居曼斯迪克走来，他突然跳了出来，把居曼斯迪克吓了一趔趄，他却像没事人一样说:居曼斯迪克达洪，怎么这么晚了才回来，你看，把羊肚子吃得鼓了起来。然后他拍了拍居曼斯迪克的肩膀，竖起大拇指在居曼斯迪克眼前晃了晃:你是好样的。

居曼斯迪克一见是吐达洪，笑得连口水都流了出来，比比画画地说了一大堆。吐达洪才不管他说什么，反正他已经想好了，今天是来玩羊骨头(羊拐)游戏的，至于他们在哪里放羊，和他一点关系也没有。

吐达洪望着他，笑着说:居曼斯迪克达洪，家里来了客人，怎么招待呀？

居曼斯迪克也望着吐达洪，嘴咧得像一个被踩瘪的铁皮盆，一听有客人来，他直勾勾地望着吐达洪，问:客人在哪儿呢？

吐达洪指了指自己的鼻子，说:我不是客人吗？

居曼斯迪克笑得更没边了，吸了一下鼻子，用手拍了一下脑门说:我把你是客人都忘了。我让老婆给你搓拉条子,炸油饼子。

杀只羊招待我吧?吐达洪说。

羊不能杀,居曼斯迪克一下子就认真起来,说:羊是老板的,不能杀。

吐达洪说:那我们玩个游戏吧。谁输了,就拿出一只羊杀了吃,你看咋样?

啥游戏?居曼斯迪克问。

我们小时候都玩过,撩羊骨头。吐达洪说着从袖子里掏出四个羊骨头,说:嗯,这个你没玩过吗?

居曼斯迪克那张脸又绽放开了:玩过玩过。

吐达洪蹲在地上,用手平整出一块沙地,把四个羊骨头掂了一掂,往平整好的沙地上一撩,两个立着的,一个是辈儿,一个是窝儿。吐达洪说:三局两胜,谁的羊骨头立着多谁就赢了,玩不玩?

居曼斯迪克也蹲下来,撩了几次羊骨头,立着的挺多。

吐达洪抓过羊骨头说:玩不玩?不玩我就走了。

居曼斯迪克说:玩。

第一局吐达洪输了。居曼斯迪克说:给我羊,我赢了。

吐达洪牵来小毛驴说:我这头驴顶两只羊。

居曼斯迪克说:我要羊,不要驴。

吐达洪说:好,就顶一只羊。明天你牵驴来,我给你抓一只羊。

第二局居曼斯迪克输了,吐达洪将驴牵回来了。

第三局居曼斯迪克又输了。第四局第五局,还是居曼斯迪克输。

居曼斯迪克看着一只只羊被牵出来归了吐达洪,心里别提有多难受了。可是谁让自己输了呢,输了,就得讲信用。当玩到第十局的时候,已有八只羊归了吐达洪。

吐达洪说:不玩了,天色不早了,我该回去了。

居曼斯迪克一把抓住吐达洪的衣领子,说:不行,赢了就想跑,再来两把。

吐达洪牵着十只羊想走的时候,居曼斯迪克蹲在地上号啕大哭起来,嘴里还在念叨着:我的羊啊,可怎么向老板交代呀!

吐达洪说:行了,别哭了,我给你想个办法,你愿意,这十只羊还是你的。

居曼斯迪克止住了哭声,等着吐达洪的下文,问:啥办法?

可是,吐达洪一双眼贼溜溜地瞟来瞟去不急于说。这把居曼斯迪克急坏了,他怕吐达洪变卦,自己的十只羊就没了。他腾的一下从地上站起来说:你快说呀!

吐达洪小声地说:让你老婆和我睡一晚上,我就把这十只羊还给你。

什么?居曼斯迪克瞪着牛蛋一样的眼睛。

吐达洪不敢重复,他等着居曼斯迪克像暴风雨一样的拳头打在他的身上。可是等了很久,居曼斯迪克仍旧立在那里不动。

吐达洪想趁此机会逃跑,牵着羊刚迈开步子,就听居曼斯迪克一跺脚说:好,把羊全都赶到羊圈里……

闯入者

每个牧羊人都有自己放牧的草场，一般不会闯入别人的牧场。

胡杨林到底有多大，艾买尔江也不知道。其实，他也不关心这些，他最关心的是草长得好不好，草好了，羊就吃得饱长得壮实。至于有多少胡杨死了，死了多少年他才不管呢。在他的眼里，这些死了的胡杨，其他什么也做不成，倒是他烧火做饭最好的柴火。他早就习惯了胡杨林里放牧的生活，人就像被掏空了一样，什么都不用想，今天踩着昨天的脚印，明天踩着今天的脚印，自己就这样一天天地被熬老了。

艾买尔江把羊群赶到很远的草场上。胡杨林很久没有下雨了，很多小草刚冒芽就渴死了，他只好把羊群赶得远一些，距离河道近一点，草才长得像点儿样。没事儿的时候，他喜欢蹲在地上看忙忙碌碌的蚂蚁。他不知道蚂蚁为什么这么忙，总是来去匆匆，好像整天都有它们忙不完的事情。这些小东西命里注定是劳碌的，所以，它们一旦不忙碌了，就意味着死亡。艾买尔江觉得这些小东西太可怜了，一生都是在忙碌中度过的，也许，它们不知道什么是死亡或者快乐，但是他们都过得特别充实，把卑微的生命变得很强大。

看了一会儿，艾买尔江觉得该去看看羊群了。他刚站起来，耳边隐隐约约传来有人唱歌的声音。他细细辨听一下，确实有人

在胡乱地唱着歌儿。艾买尔江沉寂如死水一样的心,一下子活跃起来了。很长时间没回村子了,也就是说,他很久没见过人了。在这片胡杨林里只有他一个人和这群羊,没人闲着没事儿跑到这里来。艾买尔江听到歌声,眼睛里放射出少有的光彩。可是,他再听听,那个歌声又没了。他就像泄气的皮球,又恢复呆呆的样子。

年轻的时候,艾买尔江有很多想法,最先,他想当一名铁匠,因为那时,村里老铁匠家里的日子过得富裕,人家总有白面馕,可自己家连包谷馕也不常有。他跑去和老铁匠一说,人家把嘴一撇,说:看你细胳膊小腿的,能抡动那八大锤吗?说真的,他偷偷瞄了一眼那把大锤,什么也没说就走了。后来,他又想当皮匠,师傅收了他,可是自己太不争气,第一次上手刮皮子,就把一张牛皮给刮了一个大口子,师傅将他一顿好打还把他轰出了门。再后来,他想做一个打馕的师傅,学了三年,他只学会了生火、打杂,反正师傅家的事全干了,可师傅连面都没让他摸过。父亲说:你就是放羊的命,别成天尽想着吃白面馕了。

可是,艾买尔江就是不信这个邪,一个人跑了很多地方,也干过很多事情,力没少出,可没有学到任何手艺。他睡过戈壁滩,也喝过马蹄窝里的水。二十五六岁了,他才回到村子,和自己一样大的小伙子,孩子都两三个了。父亲说:村东头有一个寡妇,有三个孩子,你要吗?要我就去找媒人说媒。

艾买尔江摇了摇头。

从那以后,他就接过了父亲手里的放羊鞭子。他不想在村里人面前抬不起头,也不想成为别人教育孩子的反面教材。放羊也许是他逃避所有人目光的最好办法。

一晃几十年就过去了。只有头发变白了,好像他什么也没改变。艾买尔江人老了,就剩下放羊这一件事了。天色已经不早了,他聚拢羊群准备回羊圈了。不经意间,艾买尔江又听到远处的歌声,他听得出,这也是一个放羊人的歌声,因为他也喜欢这么胡乱唱歌,看到什么就唱什么,反正也没人听,只是给自己解解闷而已。

艾买尔江站在原地听了好一阵儿,感觉这家伙挺有意思的,把自己怎么想老婆的心里话都唱了出来。他暗自笑了笑,觉得人家还有个念想,自己却不知道想谁,觉得自己更加悲凉。自从父母双亡之后,他就成了没有牵挂的人了,春天把羊群赶到胡杨林里的牧场,到了深秋才把羊群赶回来。冬天他也会回到胡杨林里住,羊群边吃边向羊圈走去,他跟在羊群后面一直在想,这个唱歌的人是谁呢?他想,把羊圈好了要去看看了。

刚把羊圈好,就听到背后有人说话:你好,大叔,我是尧勒瓦斯。

艾买尔江回头看了一眼,问:哦,需要我的帮助吗?

当然,尧勒瓦斯说:我现在需要很大一笔钱。

我没有钱。艾买尔江说。

尧勒瓦斯冷笑了一下说:我听说你一年放羊就一万多块。你没有亲人,你的钱呢?

你对我很了解呀。艾买尔江说,我的钱全都捐给了福利院。

那你图什么?好不容易挣来的血汗钱又都捐了?

艾买尔江笑了笑说:我啥也不图。

我不相信,尧勒瓦斯说,如果,今天你拿不出钱,我就把你这群羊全部赶走。你听清了,是全部,一只不留。

好吧,艾买尔江说,你等等。

艾买尔江进了自己的牧羊小屋,拿出几张票据说:你看,这是

我这些年捐款的票据。

大叔,我真的很需要一大笔钱。尧勒瓦斯说,那好吧,我只好赶走你全部的羊了。

艾买尔江说:那不可能,除非……

除非你死了是吗?

对!

尧勒瓦斯拔出皮夹克(刀子)时,脸上露出狰狞的微笑。当皮夹克的寒光直奔艾买尔江胸膛时,他突然出手抓住尧勒瓦斯持皮夹克的手腕。一番较量之后,皮夹克尖儿慢慢地对准尧勒瓦斯的胸膛。艾买尔江断断续续地说:我……忘了……告诉……你了,我……年轻……的时候,比你……还……不……不是……东西。我……最……讨厌……别人……拿……皮夹克……对着……对着我。尧勒瓦斯后悔已经来不及了。

第二天,在乡派出所,艾买尔江投案自首,他杀人了。

城　堡

当我向那片胡杨林出发的时候,村里人都说我疯了,还有人说我不仅疯了,还有一点异想天开,竟然想在胡杨林里发生一场空前绝后的爱情。因为,我是一个从来没有谈过恋爱的男人。因为我相信,在那片胡杨林里真的有一座城堡。那是一座只有女人的城堡,城堡里住着很多很多美妙的女子。我知道,斯迪克那家伙就是被城堡那些美女留下的,他的日子过得比国王还舒坦,整天被一群美女伺候着。我也想过那样的日子,也想与女人甜蜜地温存一番。

其实,那是一片人迹罕至的地方,说白了,是没人敢去,更确切地说,是有人去了却再也没有回来。这是一个什么地方呢?如此神秘,还散发着一股无形的恐怖气息。其实,它不是什么神秘的地方,只不过是一片枯死的胡杨林而已,人们都习惯叫它魔鬼林。魔鬼林也就是传说中的魔鬼城。魔鬼林的胡杨个个长得奇形怪状,烟熏火燎的,就像被火烧过了一样。

原先,那里是一片很茂盛的胡杨林,河水潺潺,鸟语花香,是很多野生动物栖息的家园。相传,新疆虎就是在那里发现的。新疆虎也就是塔里木虎,个头要比东北虎和华南虎小一点,但是老虎凶猛的本性却一脉相承。斯迪克那家伙不知是不是被新疆虎吃了呢?没有确切的答案,我一直认为斯迪克是进入了那座城堡,美女如云的城堡,而不是魔鬼城。不知什么时候,曾经的河流枯竭了,大片胡杨死去,只剩下一条干枯的河床和死去的胡杨树桩子。别看传得那么邪乎,可胡杨林里的城堡或魔鬼城谁也没见过,去寻找斯迪克的人也没见过,可这座城堡或魔鬼城却在村里传开了。其实,城堡也好,魔鬼城也罢,大家认为都是传说中的东西,可我却相信那片胡杨林里确实存在着一座城堡,一座我向往已久的城堡。

相传,很多年前村里有一个叫斯迪克的人,赶着驴车去胡杨林里拉柴火,从此就再没有见到这个人了,人和驴车都像人间蒸发了一样。其实,进胡杨林拉柴火,是村子里很多男人冬天要干的一件事。那时候没有煤,冬天取暖做饭全靠烧枯死的胡杨。唯独那个叫斯迪克的家伙,去了就没有回来。村子里派出了很多人去寻找,可都无功而返。从那以后,就传出胡杨林里有一座很可怕的魔鬼城，里面住着很多青面獠牙的和各种奇形怪状的魔鬼，它们饿得瘦骨嶙峋，张着血盆大口就等饱餐一顿呢！斯迪克和他的驴车就此成了一个谜，一个传说。这个传说越传越离谱，越传越可怕，甚至还有人说，斯迪克那家伙也许成了魔鬼城的奴仆，每天赶着驴车给魔鬼城拉运东西。

"有人"，这个人是谁呢？没有人知道那个"有人"是谁，他好像根本就不存在。可是，传说就像发酵的粮食，不仅会膨胀，还会发生质的变化，变成酒，变成醋。这个传说在村子里造成了巨大的影响，谁也不敢去胡杨林拉柴火了。

我希望我去的地方不是魔鬼城，而是那座美女如云的城堡。我不想拥有一城美女，只想找到属于我的真正的爱情，谈一次轰轰烈烈的恋爱。我不想听那些人胡言乱语和絮絮叨叨的劝说，太烦了，我是去寻找幸福和爱情的，怎么会像村里人想得那么糟糕呢？再说，死有什么可怕的，为了幸福而死，就是死了也是值得的。我要行动起来，我要来一场此生不渝的爱情。

我骑着我可爱的小毛驴，充满希望地出发了。小毛驴好像懂得我的心思，它的脚步很轻快，把村里那些惋惜的目光都甩在了身后。他们说，我是一个天生就喜欢瞎折腾的人，如果我这辈子不折腾点事出来，是不会安生的。我讨厌那些喋喋不休的人，他们就像一群嗡嗡叫的绿头苍蝇，令人非常厌恶，走到哪里都会留下一堆恶心的蛆，把这个美丽的世界变得臭气熏天，很多美好的事情都被他们说得很恐怖。

当小毛驴驮着我走进胡杨林时，晴空万里的好天气突然变得乌云密布，一道道雷电划过低沉的天空。这阵势，一场倾盆大雨就在眼前。南疆是很少有这样的天气的，这难道是神秘力量驱使的，想阻止我前进的脚步？可我不为所动，骑着小毛驴继续向前奔走着。

　　瓢泼大雨终于哗啦啦地下了起来,豆大的雨滴砸在身上挺疼,脚下尘土飞扬的路,也瞬间变得泥泞了。我的眼前如同挂了一道厚厚的水帘,挡住了视线。小毛驴也畏惧起来,脚步明显放慢了许多。我对小毛驴说:亲爱的小毛驴,别害怕,等我们进了城堡就好了,她们会安排好我们的。

　　小毛驴打了个响鼻,继续向前走着。这雨实在太大了,天色也渐渐地暗了下来,好像头上罩了一层黑布,天变得比黑夜还黑,已经分辨不清方向了。

　　小毛驴驮着我走得很艰难,我想让小毛驴省点劲儿,就从驴背上跳下来,踩着泥泞的路很艰难地走着。突然,一道雷电闪过,天空如同白昼一样光亮。我向前看了一眼,一座城堡就在眼前,雨也瞬间停了。

　　我牵着小毛驴进了城堡。城堡里的街道很宽敞很干净,整整齐齐的房舍显得古色古香,一种似曾相识的感觉油然而生。在哪里见过这座城堡呢?我一时想不起来。小毛驴的蹄子敲击着石板路面,发出嘀嗒嘀嗒清脆的声音,那声音回荡在城堡的上空。可是城堡里静悄悄的没有一个人。我很好奇地四下打量着,我忽然看到那座在帕米尔高原的石头城。它怎么会在这里呢?难道石头城也飞过来了吗?还是本身这里就有这座城堡?没人会告诉我。

　　我和小毛驴来到城堡中心,中心立着一根高大的旗杆。我把小毛驴拴在旗杆上,想去找城堡里的人。我一个门一个门地敲,直敲得浑身无力,我便瘫软地坐在地上。

　　我坐在那里闭眼小憩。过了很久,我抬起头,看到城堡不见了,四周全是千奇百怪龇牙咧嘴枯死的胡杨。再看看小毛驴,竟拴在一棵高大的胡杨上。

牧羊人

羊群有一百多只羊,可伊德利斯没有一只。

伊德利斯是村里最好的牧羊人,村里没人敢和他比。前些年,村里各家各户的羊全归他放牧,这家十来只那家二十来只。一到春天,村里的羊就集中到伊德利斯圈里,之后再由他赶到一百多公里外的胡杨林里放牧。放一只羊一年给他三五十元放牧费,看上去并不多,可是一个村子的羊,集中到伊德利斯手里就一百多只了。一年下来三五千块钱,对于一个光棍来说也不算少了,说白了,除了吃饭他也没什么花销。伊德利斯吃饭也很简单,一年到头都是馕就着乌麻什(糊糊)。穿衣戴帽就更简单了,一顶白板皮帽子,从春戴到冬,一身分不出颜色的衣服和皮大衣,油汪汪地发亮,伴随他一年又一年。

不舍得吃不舍得喝的伊德利斯,把钱都弄到哪里去了呢?村里人都传说,伊德利斯在距离村子三十多公里的夯孜村,有个相好的寡妇,钱都给了那个寡妇了。村里虽然都这么传着,可是没有一个人见过。咳!传言本来多是捕风捉影,谁知道哪个爱编故事的,什么时候编排了这个故事,就在村子里流传开了,而且不停地更换版本,使其更具浓厚的色彩。

这个故事,伊德利斯早就听说过了,他只是笑了笑,没有发脾气也没有辩驳,转身就走了,继续放着羊。村里有人说:一个光棍有个相好的太正常了,一辈子不碰女人,哪个男人受得了?你们一到晚上就钻进了老婆的被窝,伊德利斯就该干熬着吗?

也有人说:我们想想办法,给他介绍个女人,或者弄个麦西来甫(聚会),把临近几个村子年纪相当的寡妇都请来,跳跳舞不就认识了?如果有人看上他就好了。

谁能看上他?有人在一旁插嘴说:一大把年龄就不说了,你看看他的穿戴,一年都不洗一次脸,厚厚的脸皮连蚊子都叮不进去,哪个女人愿意嫁给这么一个人。

有人接着说:不管怎么说,伊德利斯这家伙太可怜了,也该有个女人了,这样干熬一辈子太没意思了,要是我,迟早会疯的。

伊德利斯一直觉得,村里这些人太多事了,总喜欢在背后嚼舌根,把别人的故事编得像真的一样。村民说他把钱都给了孖孜村的一个寡妇,他只是淡淡笑了一下。他决定明年再也不给村里人放羊了。这个消息一传出来,村里人就都笑了,说:伊德利斯不放羊他干什么呀?再说了,他还会干什么?

就是,有人抢着说:恐怕这辈子除了放羊,就没有他会干的事儿了。

别相信伊德利斯的话,明年我就看他不放羊干什么去。

第二年春天伊始,伊德利斯就不见踪影了。村里人早就忘了伊德利斯说过的话了,还都等着他来把各家各户的羊收拢在一起,赶向胡杨林放牧。人们把村子都快翻遍了,就是找不到伊德利斯。村里人这才想起去年冬天,他给每家送羊时说的话:明年你们重新找人放羊吧,我不想再给你们放羊了。虽然大家都听得清清楚楚,可谁也没在乎他说的话。

找不到伊德利斯,羊还是要放的,大家只能三五家合伙,每家轮换着放牧,一家一个星期,这下可把大家愁坏了。以前,有伊德利斯谁也没为放羊的事愁过,现在放羊的事成了村里人最大的愁事。伊德利斯放羊总是到很远的胡杨林里,伊德利斯在那里盖了一个地窝子,还筑起了牧羊小屋和羊圈。伊德利斯在春天将羊群赶出去,到深秋赶回来,除了出来买一些粮食之外,他的时间基本都是在胡杨林里度过的。

现在村里人太希望伊德利斯出现了,有了他大家就可以把放羊的事交给他了,自己就可以干自己该干的事了。谁知道,伊德利斯就像从人间蒸发了一样,从春天起就再也没人见过他了。有人说:以前谁也不觉得伊德利斯这个人好,都觉得是我们在给他饭吃。可是,现在才知道是他在帮助我们,没有他,我们的羊吃瘦了,我们的手脚也被绑住了,什么事情也干不成。

那时,伊德利斯正在胡杨林里给一个城里的老板放羊。

村里有人在巴扎(集市)上看到了伊德利斯,他正扛着一袋粮食走着,他到底去了哪儿没人知道。伊德利斯再次消失在大家的视线里。

七月的一天,村子里来了两个女人,一个母亲带着一个女儿。她们是来找伊德利斯的。村里人一下子就想起了那个尕孜村的寡妇和伊德利斯的传说。她们是来找麻烦的还是……

母亲对围拢过来的村里人说:我是尕孜村的阿瓦汗,这是我的女儿左然姆古丽,她大学毕业了,也在县城找到了一份很不错的工作。

村里人依旧很疑惑地注视着母女俩,不知道她们的下文是什么。

我们是来看看伊德利斯大伯的,他的家在哪里?你们可以带我去吗?女儿说:没有他,我上不了大学;没有他,我妈妈的病不会好。我现在挣钱了,我要像孝敬父亲那样孝敬他。

当母女二人看到伊德利斯那栋东倒西歪的房子时,母亲将信将疑地问:这就是他住的房子?

村里人都点头。

他不是说,自己是养羊大户吗?母亲问。

村里人说:他是我们村的牧羊人。

村里人这才知道,伊德利斯每年把自己放羊挣的钱,全都资助给这对母女看病上学了,而自己却不舍得吃不舍得穿。

女儿急切地问:伊德利斯大伯人呢?

村里人说:伊德利斯今年春天就失踪了,到现在为止,只有人在巴扎上见过他一次。

我知道了,他一定在胡杨林里放羊呢!女儿想了想说,妈妈,走,我们现在就去找他。

村里人这才发觉,人的嘴有时比刀子还厉害,伤害的不仅是别人还有自己。

驴子的事情

哈斯木一直叫他的小毛驴为喀拉齐曼古丽(黑玫瑰),为什么这么叫?没人知道。

反正村里人都知道,哈斯木对小毛驴比对自己亲妹妹努尔曼古丽还好。哈斯木父母双亡,只剩下一个小他十岁的妹妹。哈斯木智力上有些毛病,可他并不傻,他知道谁对他好。他在村里放羊放得最好,这是村里人最清楚的。他把羊群赶到很远的草场上放牧,那里是很多放牧人不去的地方,别的牧羊人都说那里的怪

事太多了,好好的大晴天说下雨就下雨了,说刮大风就起了大风,前一分钟还像羊娃子一样安静地吃着草,后一分钟就像毛驴子一样尥蹶子了。那里其他人都不去放牧,所以那里的草长得特别好,他放的羊每只都吃得肥肥壮壮的。

妹妹努尔曼古丽高中快毕业了,再有半年就考大学了。哈斯木乐得嘴都合不拢,说:努尔曼古丽,好好读书,哥哥挣的钱全给努尔曼古丽上学。

努尔曼古丽心疼地望着有一点点傻的哥哥说:哥哥,我上学会争取奖学金和助学金的,你也不小了,好好攒一点儿钱,娶个老婆好好过日子吧。

哈斯木说:我有喀拉齐曼古丽,我才不娶老婆呢,女人太麻烦了。

努尔曼古丽看着一脸憨笑的哥哥说:哥哥,等我大学毕业了,我就接哥哥到城里住大房子,让哥哥也享享福。

城里的房子长得都一样,我不认识它们,它们也不认识我。哈斯木想了想又说,城里我不去,马路上那么多的汽车,万一尥起蹶子了,我可收拾不了它们。

在哥哥的心里,汽车就跟小毛驴一样,说不准什么时候就会发脾气。努尔曼古丽无奈地摇摇头说:哥哥,汽车又不是毛驴。

哈斯木给城里的一个汉族人放羊,听说那个汉族人还是一个什么官。村里人没想到一只羊才多给两块钱,哈斯木就跑去给别人放羊了。谁说哈斯木这个人傻?在钱上他一分钱的亏都不吃。再说了,他不就看人家是个官,就给人家放羊去了吗?我们一个村子相处了这么多年,他一点情面都不讲,一只羊少给他两块钱就不干了。平日里,村里人都觉得像哈斯木这样的人,有没有都不是什么问题,谁还不会放羊?可是这几天村里人发现,少了哈斯木还真不行,最起码每家每户养的羊没人放了。年轻人都跑到城里打工了,剩下的就是老人和孩子了。放羊就成了村子里最头疼的事儿,往年把一群羊往哈斯木手里一交就不用管了,到了深秋把自己家的羊赶回家就没事了,不要说在城里打工比放羊挣得多,就是那些难挨的放羊日子,也是让很多人受不了的,何况一待就是七八个月。

有人就找到哈斯木说:哈斯木,你一声不响地跑到这里给别人放羊,我们村子里的那些羊怎么办?钱对你就那么重要吗?哈斯木,我们一直都没有看出来,你是一个见利忘义的人,我们村子里的那些羊现在怎么办?

我就是让你们知道,一只羊少给两块钱我很心疼,一百多只羊,二百多块钱就没有了,努尔曼古丽半个月的生活费没有了。哈斯木说完,看着责怪他的人说:城里的汉族人说了,年底还要给我发五百块钱的奖金呢!

被哈斯木叫作喀拉齐曼古丽的小毛驴,也好像有了心事了,独自站在一个高坡上,不吃不喝地望着远方,偶尔扬起头来嘶哑地叫上几嗓子。母驴的叫声总是不如公驴那般洪亮和激情。看着喀拉齐曼古丽打蔫的样子,哈斯木忽然明白了,它是想异性了。他一边牵着喀拉齐曼古丽一边说:可怜的喀拉齐曼古丽,我们回村里找一头最健壮的公驴,我们生个最好看的小毛驴。喀拉齐曼古丽好像听懂了哈斯木的话,当他把腿往它身上一跨,喀拉齐曼古丽就欢实地向前跑了起来。哈斯木说:别着急,喀拉齐曼古丽,我们回到村子就去找。

走着走着,哈斯木好像是在和喀拉齐曼古丽商量:谁家的公驴好呢?

热合曼家的大青驴个头太大了,会压坏你的。

居来提他家的那头公驴还不错,就是那家伙人不行。

前街的洋瓦里克买买提家有个体型和样子都不错的公驴。他骑在驴背上想了想说:可是,那头公驴年龄太大了,叫得声音都不脆了,恐怕你是相不中的。

看看,还有谁家?哈斯木说。

喀拉齐曼古丽打了个响鼻。哈斯木说:你这么一说,我想起来了,后街的吐尔洪家的小公驴。这时喀拉齐曼古丽又嗷嗷地叫起来了。

哈斯木骑在驴背上笑了:怎么?你看上人家了?

哈斯木骑着喀拉齐曼古丽直接来到吐尔洪家,说明来意,吐尔洪把头摇得像风车一样,说:不行不行,如果是往年,别说给你家喀拉齐曼古丽配一次,就是十次八次,我都没意见。现在我家的羊都没人管了,我也不想让我家的驴给你家的配种。

哈斯木蹲在地上捂着头,喀拉齐曼古丽再次打了个响鼻。他抬起头说:怎么办呢?喀拉齐曼古丽,人家不愿意。

喀拉齐曼古丽又嗷嗷地叫了起来。没想到的是,吐尔洪家的那头驴听到了它的叫声,也嗷嗷地叫了起来。突然那头公驴挣断绳子冲了出来。吐尔洪冲过去想阻拦,却被自家的公驴蹬了一脚,坐在地上嗷嗷地叫疼。

喀拉齐曼古丽和公驴三下五除二就做完了那事情。吐尔洪从地上爬起来,抓住哈斯木的领子说:我还没有同意,就给你家喀拉齐曼古丽配上了种,这账该怎么算?

哈斯木说:那是驴和驴的事情,我也管不了。

恰达克吾买尔江

一听到恰达克（麻烦、问题）吾买尔江这个名字，就知道这个人麻烦多，惹不起。一个被冠以恰达克外号的人，是绝对不能小瞧的。村里人说：一个人的名字不一定叫得准，叫卡德尔（官）的人不一定当得上卡德尔，可是外号一定是这个人最明显的特征，准得很。

维吾尔人因为重名的原因，为了区别开两个人或几个人，避免重名的麻烦，长得黑，就叫黑买买提；长得白，就叫白买买提；喀什来的，就叫喀什买买提；家里有桑树的，就叫桑树买买提；腿瘸了的就叫瘸子买买提。可是，叫恰达克的人并不多。

恰达克吾买尔江到底有多恰达克呢？用村里人的话说，他就是一个麻烦制造者。用乡司法所所长买买图拉的话说，这个人一天不找点儿麻烦，心里就不舒服，恰达克吐鲁吐鲁的，意思是有太多太多的麻烦了。说真的，买买图拉一见到恰达克吾买尔江心里就发怵，不知道他咋就有那么多解决不了的麻烦。别人家的羊吃了他家的庄稼了，人家的杏树树枝长到他家院子了，别人家的孩子偷了他家的杏子了，他家的母驴被强奸了……没有他不能制造的麻烦。

村里人都非常怕沾上他，沾上了就有没完没了的麻烦。父母在孩子出门时，总是交代他们不要和恰达克吾买尔江家的孩子玩，他家孩子身上擦破块皮，他都要跑到乡司法所起诉告状。

以前,吾买尔江的外号不叫恰达克,叫晒巴依(醉鬼)。那时,吾买尔江喜欢喝酒,而且没多大的酒量,见酒就喝,喝了就醉,醉了倒地就睡。村里人都觉得酒把这个人废了。可没想到的是,这家伙跑到城里打了几年工,回来竟然把酒戒了。更让人没想到的是,这家伙变成了恰达克制造者,让村里人非常头疼。都是一个村子的乡亲,有点儿事干吗搞得鸡飞狗跳,还跑到乡司法所起诉告状!说白了,村子里能有多大的事儿,无非是仨瓜俩枣鸡毛蒜皮的小事儿,用得着闹上法庭打官司吗!

从城里打工回来后,恰达克吾买尔江那套荒废了几年的房子几乎快站不住了,东倒西歪的样子很吓人,就像他当年喝醉了酒一样。他就跑到乡里申请了一套抗震安居房,县、乡出三分之一的钱,自己出三分之二。村里很多人还没住上砖房子,他就住上了亮堂堂的砖房子。很多人就在背后说他进城几年学聪明了,自己才掏了三分之二的钱就住上了砖房子,真会赚政府的钱。他却说:这是政府政策允许的,政府希望每家每户都住上抗震安居房,政府也早就宣传过,可是你们都不吭声,是你们有便宜不占,这怨得了谁?

原本,他家门前有一棵大腿粗的杨树,他从城里回来就发现没了,他不声不响地在村里问了一遍,确定是热合曼砍了去盖了羊圈。他一进热合曼家门就说:听说,我家门前的那棵杨树,是你砍了盖了羊圈,我现在要盖新房子,你得还一根一样粗的木头。

可热合曼死活不承认。他笑着说:热合曼,你不承认没关系,我会让你知道什么是恰达克。到那时,你想还一个木头都不行了。

咋的?热合曼说,我还给你一车木头不成?

差不多。说完,恰达克吾买尔江就走了。

过了几天,乡司法所派人给热合曼送来一纸传票。热合曼这才知道,是恰达克吾买尔江把他告上了乡法院,乡法院定于近日开庭审理。热合曼拿着传票,别说心里有多气了。就这点儿小事,一根木头的事情,恰达克吾买尔江就撕破脸皮上法庭了。

法庭判决,热合曼赔偿恰达克吾买尔江三根木头和一车柴火。在法庭上,恰达克吾买尔江说:我的一棵树十几米高,木头三米五一根,热合曼得赔偿我三根木头,还有那些树枝树头,大的可以做椽子,椽子我就不要了,我要一车柴火。乡司法所法庭觉得恰达克吾买尔江申诉得在理,还有证人证言,就按申诉要求判了,差点没把热合曼气死。恰达克吾买尔江说:法律是公正的,对每个人也是平等的,我们每个人都要维护法律的尊严。

后来,恰达克吾买尔江经常为了一些小事跑司法所,乡司法所所长买买图拉就开玩笑地说:吾买尔江,我看你是麻烦制造者,干脆就叫恰达克吾买尔江吧!

从那以后,恰达克吾买尔江这个名字,就被村里人叫开了。

那年,乡司法所所长买买图拉还为恰达克吾买尔江颁了一块"普法先进个人"的牌匾。

我就是想进城看看你

儿子说:爸爸,今天我必须赶回城里,明天还要上班呢。

玉山老汉啥也没说,从牧羊小屋黑乎乎的墙角落里拿出一个塑料小包。打开塑料包,里面还有一层布包,打开布包,里面还有一层纸包。

就那么一点钱,包那么严实干啥?儿子说。

玉山老汉拿出一沓厚厚的百元大钞,认认真真数了一遍,拿出来一张,把剩下的全交给了儿子,说:这几年,我放羊就挣了这些钱,全拿去买楼房吧。不够,我明年还放羊。

儿子接过钱连数都没数,转身一猫腰就钻出了低矮的牧羊小屋,头也不回地走了。

儿子早已消失在他的视线里了,玉山老汉仍旧站在沙丘上望着。两行浑浊的泪水不知不觉,像两条蚯蚓一样爬了下来。玉山老汉用袖口擦了一下,再望一眼儿子消失的方向,嘟囔着:人老了,刮点儿风就流泪。

儿子大学毕业几年了,好不容易找了一份工作,这又有了女朋友,说是年底要结婚买房子。他嗨了一声,自己嘟囔着:现在的年轻人也不好过,啥都要花钱。儿子这次是专门回来拿钱的,房子看好了,就等着付钱交付了,年底要是能把婚也结了,那就好了。玉山老汉想着想着就笑了,养儿育女图个啥呀,不就是图孩子有个好前程,至于其他的,他没有想过。他不想给儿子添什么麻烦,自己能过就自己过,他才不想到城里去呢,一天到晚乱哄哄的大街上,人来车往的,他可过不了这样的日子。

入秋以后,天气就一天比一天凉了。玉山老汉把羊群赶出去,找一个阳光好的地方,把皮大衣一铺就想眯上一小会儿。人老了,觉也多了,刚起来瞌睡又来了。他打了一个哈欠,他忽然想起城里的儿子。这个小兔崽子,自从那次走了以后,再没有了消息。玉山老汉一想到儿子,就有满脑子问题,房子买好了没有?装修了吗?和人家女孩相处得咋样了?眼看就年底了,这婚还结不结呀?还缺不缺钱呀?

霜降了,玉山老汉才赶着羊群回到村子,还了各家各户的羊,他就闲下了。闲下来,玉山老汉就想进城看看儿子。可是一摸口袋里的钱,他就打消了这个念头。儿子那次回来拿钱,他自己留的那一百元钱还在,可是花完了,这个冬天他怎么过呀。玉山老汉想了想,还是给儿子打个电话吧。

玉山老汉来到村子里的小商店,从内衣兜里掏出一个小本本。开小商店的玛依努尔说:玉山老爹你要给谁打电话呀?

沙迪尔。玉山老汉说,好长时间没有他的消息了,打个电话问问。

他拨完儿子的手机号码,电话里传来一个甜美的声音:对不起,此号码不存在。玉山老汉再拨一次,结果是一样的。玛依努尔说:老爹,你儿子已经换号了。

玉山老汉把小本本装进内衣兜里,走出小商店,他又摸摸口袋里那一百元。他不知道儿子怎么换号了,换了咋也不告诉他一声呢!他知道儿子一定很忙,他想进城看看儿子。

到了公交车站,玉山老汉握着那张百元大钞,手心出了很多汗。车来了,他反倒向村子里走去。他知道,这些天一定有人进城的,他要搭个顺风车进城看儿子。

小四轮拖拉机开到县城就不走了,玉山老汉只能步行进城了。儿子在什么单位工作,住在哪里,他都不知道。他在城里转悠了三天,也没找到儿子。

玉山老汉刚回到村里,玛依努尔就对他说:玉山老爹,你儿子昨天来电话了。

玉山老汉像打了兴奋剂一样,眼睛突然睁大,三步并作两步,走到玛依努尔面前问:我儿子说什么了?

玛依努尔说:我告诉他,你进城看他去了。

玉山老汉叹了口气说:哎呀,我白跑了一趟。

玛依努尔说:你儿子说了,这几天回来接你进城。

玉山老汉脸上立刻绽开了笑容,问:我儿子还说什么了?

玛依努尔说:别的什么也没说,就挂了。老爹,您就等着进城享清福吧!

我就是想进城看看他,看他房子买了没有,今年年底结不结婚。玉山老汉说:城里的日子我可过不了,满大街的人,比巴扎还热闹,嗡嗡嗡的,吵得我头疼。

玛依努尔说:老爹,你养了一个好儿子,咱们村谁也比不上你。

儿子到底什么时候回来呢?反正他每天都蹲在公交车站等,只要儿子一下车就可以看到他。从县城方向来一辆车,他就扒着车窗往里望,车走了,又失望地蹲在车站旁,看着一辆辆摩托车和小四轮拖拉机从他的眼前而过。夜晚他回到家里,打开一个小包,里面包着几件小孩的衣服,他打开那张纸条,上面是汉文写的,写的什么,玉山老汉不知道,但他知道这是儿子亲生父母留下的。他知道,该是把这些东西交给儿子的时候了。

突然,玉山老汉听到儿子的说话声,他赶紧推开房门,真是儿子回来了。

儿子说:爸,上车,我开车回来的,我接您进城。

玉山老汉说:儿子呀,爸对你说几句话再走也不迟。

儿子说:到城里再说呗,进了城,我们爷俩有得是时间说话。

玉山老汉还是将儿子带进屋里,把那个小布包递给儿子,说:儿子,你上过大学,一定能看懂汉字,你看看就明白了。这是你亲生父母留给你的。

爸,这个东西我初中的时候就偷偷看过了。儿子看了一眼小布包,再看一眼玉山老汉,说:我知道,没有你就没我的今天。上车吧,爸爸。

玉山老汉说:儿子啊,我想,你该找找他们,他们也许真的有……

爸,不说了,上车,不管咋说,我都得好好孝敬您。儿子说。

在城里住了一个星期,玉山老汉留下一张字条:儿子,我回村子了,我就是想进城看看你。

晒巴依库尔班

晒巴依(醉鬼)库尔班打了一个酒嗝说:酒嘛,放在瓶子里面像羊娃子一样老实,放在肚子里面就厉害得很了,房子跑了,天也转了,像毛驴尥蹶子一样厉害。

一听到晒巴依库尔班说这样的话,就知道他又喝酒了,而且已经喝了不少了。在村里人的眼里,麦斯库尔班不是一个坏人,也没什么大毛病,可一喝起酒来,他这人就变得令人讨厌了。走得太累了,他想休息一下再走,可脚下发软,怎么也站不住。他看到路边有一棵树,想靠在旁边歇一会儿。可刚靠近一点儿,不听使唤的腿脚又退了回来。多次努力都失败了,他有些生气,眨巴眨巴眼睛说:你怎么回事?跑什么跑,来来来。你让我靠一下不行吗?

以前,晒巴依库尔班是麦西来甫乐舞班子弹奏热瓦甫的,因为嗜酒如命就退出了乐舞班子。他的热瓦甫弹得非常好,很多女

孩子都喜欢他。他跟老婆就是在一次演出时认识的。现在说这些实在没什么意思,那都是过去的事情了,特别是在他老婆面前不能提。老婆这个人像一只斗鸡,总是有旺盛的战斗力,对他只有一句话:我这辈子算是瞎了眼睛,嫁给你这个晒巴依。

他终于靠在树上面了,可是他总是站不稳,几次还差一点摔倒了。他不耐烦地指责着树:你怎么回事儿,站稳当一点不行吗?东摇西晃的像什么样子?我喝酒了,你也喝酒了吗?

靠着靠着,他就想睡了。好心的邻居帕夏勒汗大婶看到了,说:库尔班,你怎么又喝醉了?

帕夏勒汗大婶是村里唯一不叫他麦斯的人。看到是帕夏勒汗大婶,他嘿嘿地笑了,说:帕夏勒汗大婶,我没有喝醉,是这个家伙喝多了,它不让我好好靠一会儿。

走,我送你回家。帕夏勒汗大婶说。

他把食指放在嘴唇上,嘘了一声:帕夏勒汗大婶,这可不行,要是让我老婆居玛汗知道了,那她可就要闹翻天了,吵吵闹闹的,让村里人多笑话,以后我还怎么见人。我最怕她不让我进房子,我又得在羊圈里陪羊睡觉了。

库尔班,以后不要喝酒了,帕夏勒汗大婶说,酒,不是什么好东西。

帕夏勒汗大婶,酒是好东西,晒巴依库尔班傻笑着说:我们肚子胀(生气)了,酒一喝就不胀了,酒是我的好朋友。突然他摇了摇头问:帕夏勒汗大婶,你怎么有两个脑袋呢?

还说你没喝醉,我要是有两个脑袋不是怪物了吗?帕夏勒汗大婶说:早点回家。

晒巴依库尔班走三步退两步,好不容易走到家门口了,老婆居玛汗把门哐当一声关上了。他举起手敲了几下房门,可是里面传出老婆的声音:滚,能滚多远滚多远,我一辈子都不想见到你。

他靠在门框上许久,身体像面条一样软绵绵地滑落下来。他坐在地上靠在屋墙上,他看到很多脑袋,在他家的院墙外向里张望,一张张嘲笑的面孔,让他实在讨厌极了。他好像还听到有人在说:晒巴依库尔班,老婆不让进房子感觉咋样呀?他厌恶地闭上眼睛,睡了。

睡着睡着,一扇很漂亮的门咯吱一声开了,一张清秀的面孔出现在他的面前,他觉得这张面孔很熟悉,可他就是叫不上名字。那张清秀的面孔微笑着说:库尔班,你怎么躺在在这里睡觉呢?这样很不好,酒喝多了会伤你的身体,你懂吗?没有好的身体一切都等于零。突然,那张清秀的面孔没了,换成老婆的那张卡瓦(南瓜)一样的面孔,一脸横肉的老婆说:你这个晒巴依,一辈子也干不了什么大事,醉死得了,永远都不要醒来。突然,老婆的卡瓦面孔也没了,女儿哭哭啼啼站在他的面前:爸爸,妈妈现在肚子很胀,明天就不胀了。爸爸,你睡在外面冷不冷?我给你拿了一条毯子,盖上点儿别感冒了,要是没了你,以后我可怎么办?

女儿哭啼的样子实在太让他揪心了,他举起拳头砸了两下自己的脑门。他想到,自己死后又该是什么样子呢?他首先想到的是,老婆和另一个男人亲热的样子,他觉得很恶心。这是预料之中的事,自己死了,老婆改嫁是多么顺理成章的事。之后,他想到女儿无助的眼神和寄人篱下的样子。他在心里面说:你要是敢打我的女儿,我非得好好整治你不可。可是,他又想自己已经死了,怎么整治别人?他嗨了一声咕哝着:都是酒这个坏东西害的。

不知道是什么时候了,他感到脸上热乎乎的,一睁开眼睛,他看到自己家狗的嘴和他的脸贴得很近,舌头还在舔他的领子。他感觉自己吐过了,摸了摸胸口还有湿漉漉的感觉。再往下摸,他摸到了盖在身上的毯子。

他想起梦中的情景和女儿的话,他觉得梦不是假的,一切都会按照梦里发生的变成现实。他觉得太可怕了,简直就像看到了未来的日子。他感到一阵阵的心寒,不能再这样活下去了,他要重新弹起热瓦甫,到麦西来甫乐舞班子里去,重新生活,重新找回自己。

他找到麦西来甫乐舞班子班主,人家只撂给他一句话:我们班子人已经够了。

无论他怎么哀求,班主都不答应他的请求。他走在村里的小路上,感觉到很多目光在看着他,有嘲笑的,有疑惑的,更多的是不信任的。

晒巴依库尔班什么也没说就离开了村子。没有人知道他去了哪里。

当他带着自己组建的麦西来甫乐舞班子回来时,村里人惊呆了。几个月不见,他就像变了一个人,穿着传统维吾尔服饰,根本看不出以前醉醺醺的样子。他深鞠一躬说:我就是那个令你们讨厌的晒巴依库尔班。村里人都笑了。他接着说:我现在组建了一个麦西来甫乐舞班子,今天,就演给大家看。好,你们就给点掌声;不好,你们也别骂我。

时间久了,大家早就忘了那个晒巴依库尔班,可是村里人还是叫他晒巴依库尔班。

寻　宝

　　要问小镇上谁最想发财,一定有人凑在你耳边告诉你,是镇东头的吐孙江。这不能让吐孙江听到,听到了,他是要骂人的,骂得难听不说,而且很难缠,就像一不小心踩到牛屎了一样,你走到哪里他就跟着骂到哪里,你回家了,他就站在你的家门口骂,什么时候骂累了、骂够了才算完事,不然你想甩都甩不掉。

　　吐孙江年龄不大,四十刚出头,可长得老气横秋,一脸褶子就像麦子地的垄沟,很均匀地遍布在他的脸上。其实,在小镇想发家的人有不少,可是没有一个人像吐孙江那样,想发财都快想疯了。早些年,吐孙江干了不少事情都没发家,反倒赔了不少钱。他的老婆说:你们看,我们家的吐孙江笨得和驴一样,还想把别人口袋里的钱赚到他的口袋里。当瓦匠吧,好不容易包了一个活儿,还把墙给垒歪了,拆了重垒,钱倒是没赔,不过再也没人找他包活儿了。去年,他又说倒腾伽师瓜赚钱。好吧,那就倒腾伽师瓜吧。谁知道,拉回来一车伽师瓜卖了一个冬天,卖的还没烂的多。你们是知道怎么回事吗?他天天拿把大刀站在路边上,知道的,知道他在卖瓜;不知道的,还以为他要和别人拼命呢!瓜没卖出去,还把派出所的警察给招来了。

　　老婆的这番话一出口,吐孙江真想找个地缝钻进去。他非常讨厌老婆的这张嘴,觉得就像乌鸦叫一样,天天在他耳边哇哇地吵,吵得他连吃饭的心情都没了,现在还跑出来,把自己的那点不

长脸的事全抖搂出来,让他总在人面前抬不起头。等老婆回屋了,他为了在别人面前找回面子,一手叉腰一手比画着说:等我有钱了,我非跟这个女人离了不可,找个年轻漂亮的……

一天,吐孙江不知从哪里听说,距离小镇一百多公里的地方有一片胡杨林,成吉思汗带着蒙古铁骑征服欧洲归来,在那片胡杨林里埋了许多宝藏,至今没有人发现。吐孙江一得到这个消息,就像注射了鸡血,浑身汗毛孔都立了起来。他对老婆都没说,带上坎土曼(盾形铁制农具)和几件工具就走了。他怕老婆这个人嘴太快,不出三分钟全镇的人都知道了。他要在全镇人知道之前,把埋在那里的宝藏挖出来。到那时候,谁还敢小瞧了我吐孙江。

吐孙江越想越觉得自己发财的时候到了,他好像已经看到了那一堆堆金灿灿的宝藏正在向他招手。他的眼前也浮现出许多场景,他穿着高档名牌西装,打着真丝领带,走在小镇的大街上,每个人路过他身旁的时候,都深深地弓着腰,说:吐孙江巴依(地主、财主)您好呀,您这是到哪里去巡视呀?想到这里,他觉得应该在镇东边开个全镇最大的超市,在镇西边开个全镇最大的饭店。再有人问他去哪里巡视,往东走,就是去超市;往西走,就说去饭店。南边和北边呢?他想,等宝藏挖出来,他也就想好了,南边和北边也都会有他的产业。

吐孙江到了胡杨林,他有些傻了,那么大的胡杨林,哪里才是成吉思汗埋宝贝的地方呢?他举起手,在自己的脸上狠狠地扇了两巴掌,嘴里嘟囔着:吐孙江呀吐孙江,为什么不问清楚宝贝埋的具体位置呢?这么大的胡杨林到哪里去找。可是他并不想就此放弃发财的大好时机。他围着胡杨林转了一圈,最后,他觉得那几个大土包最像埋宝藏的地方。他挑了一个最大的土包,举起坎土曼狠狠地挖下去。挖了多长时间,他已经不记得了。把几个土包全都挖开后,他已经累得气喘吁吁,坐在地上喘着气。他几次都以为自己挖到了宝藏,可当他小心翼翼地挖下去,才发觉是红柳根。

吐孙江觉得这样胡乱地挖,是不会有什么结果的。他要回到小镇上去,找到那个透露给他消息的人,问清楚埋藏宝藏的具体方位,再来挖。他要做小镇最富有的人,他要做小镇最有钱的大巴依,每个人见了他都要向他深深地施礼,一张嘴:我尊敬的吐孙江大巴依,您这是到哪里去呀?姑娘和女人们见到他,总是笑眯眯地说:吐孙江大巴依,我们很崇敬你。

他回到小镇找了几天,也没见到那个人。他不知道那个家伙叫什么,好像小镇从来就没有这人。他觉得那个家伙一定是躲起来了,要不然就是自己去挖了。

他一想到那个家伙自己扛着坎土曼来挖宝藏,就在小镇一分钟也待不住了,他必须立刻返回胡杨林,不然宝藏一定被那个家伙挖走了。如果碰到那个家伙正在挖宝藏,他咬着牙,露出一丝阴险的笑容,想,他要让那个家伙,从此从这个世界上消失。

他回到胡杨林看到,除了他挖的一些大坑之外,好像什么也没变。他四处张望了一会儿,也没看到那个家伙的影子,他这才放下心来,找了一个小土包,在手心吐了一口唾沫,双手对搓了一下,举起坎土曼向下挖去。

不久,小镇街上出现一个蓬头垢面的人,罩了一件很大的袍子。见了人,他就会说:我吐孙江大巴依,是小镇最富有的人,我挖到了成吉思汗埋藏的宝藏。之后,他会仰天哈哈大笑,感觉就像一代君王一样。然后,他会一本正经地说:你们为什么不向我施礼?你们必须尊敬我,镇东边,有我的大超市;镇西边,有我的

大饭店,我是镇上最有钱的人。

当秋风吹落片片秋叶,金黄的落叶就像一片片闪闪发光的金币。吐孙江倒在一堆落叶上睡着了。

牧羊人与野兔

不想吃羊肉了,艾尔肯望着天空想着想着,就冒出这个想法:好长时间没有吃兔肉了。

艾尔肯躺在胡杨下的沙丘上,没有一点睡意。他把眼睛紧紧地闭着,感觉都有一点酸疼了,他才睁开眼睛,抬头看了看边走边低头吃草的羊群。突然,一只野兔飞快地蹿出了草丛,眨眼就不见了。今年胡杨林的牧草特别好,野兔也比往年多了。

一只羊吃了一个礼拜,要不是觉得扔了可惜,艾尔肯真不想吃了。他想换换口味。

他开始寻找野兔的洞穴。兔子这东西狡猾得很,它不吃窝边的草,怕暴露自己的洞穴。这一点艾尔肯知道,放了这么多年的羊,他没学会别的,逮野兔是他的拿手好戏。下套子,下夹子,都是他常干的。今天没有带这些东西,他想掏野兔的洞穴。他专找草深的地方,找到野兔的洞口,再找出口。兔子是"地下工作者",对挖洞很有研究,它们不仅把洞口选在隐蔽处,还会在不同的方向挖出口,主要是方便逃生。野兔天敌很多,狐狸、老鹰和蛇都是野兔的天敌。所以,野兔在挖洞的时候,不会只挖一个洞口,也不会只有一个洞穴。狡兔三窟是野兔的本能,不想成为天敌口中之食，它们必须伪装好自己的洞穴，天敌从这个洞口来，野兔已从另一个洞口逃生了。

艾尔肯在上风口挖了个坑，弄来一堆柴火点着，烟开始往洞里钻时，他跑到另一个洞口守着。野兔是忍受不了烟熏的，只要洞里有野兔，一准逮个正着。兔子再聪明，也绝不会比人聪明，它只知道逃生，却不知道危险就在它的身边。可是缕缕青烟从他眼前的洞口冒出来，却不见兔子的踪影。他判断这个洞里没有兔子，他正想寻找下一个野兔洞的时候，一个黑影突然从他眼前窜过。当他回头看时，只看到那只野兔身上冒着的烟雾。他这才发现一只野兔逃走了。这是从来没发生过的事情，一只野兔竟然从他的眼皮底下逃走了。艾尔肯觉得这只野兔成精了，竟然忍住了烟熏，还趁他不注意时逃走了。艾尔肯拍了拍自己的脑门，长长叹一口气，自言自语地说：我的胡大（安拉）啊，这是一只什么样子的兔子啊？

野兔并没有跑远，钻进了不远处的草丛里。艾尔肯蹑手蹑脚地走了过去，那只野兔正卧在那里一动不动。他想趁着野兔不注意，以迅雷不及掩耳之势扑过去。就在他马上就扑到野兔时，它就像一尾鱼儿，从他的眼前嗖的一声就蹿了出去。他的衣服被挂破了，脸也被一根树枝划了一拃长的伤口。艾尔肯有些恼羞成怒，自己在心里骂着，乌达当地（他妈的），你敢耍我玩！看我今天逮住你，非活剥了你的皮不可。

这只野兔好像是在和艾尔肯捉迷藏，蹦跶蹦跶，蹦几步就藏在不远处的草丛里。艾尔肯捂着脸上的划伤，可眼睛始终盯着逃窜的野兔。他就不信了，一只野兔竟然和自己较上了劲，他心里想：我倒要看看今天是你逃得过去，还是我吃你的肉；是你狡猾，还是我厉害。

这些年来，艾尔肯不知吃了多少只野兔，可从来没碰到这样的怪事儿，野兔几次都从他的眼皮子底下逃走了，还把他的衣服和脸都挂破了。这要是让村里人知道了，他这张脸还往哪里搁。他四下寻觅，想找一颗石子，只要他能看到野兔的影子，它就逃不过他手里的石子。可是寻了好一会儿，他也没看到一颗石子。胡杨林里不仅没有石子，连一块像样的土块都没有。他还是找到了一块比较结实的土块。艾尔肯打土块很准，是这些年放羊时练就的。羊群里总有不听话的家伙，艾尔肯懒得跑，扬手就是一土块，准保打在不听话的羊的身上。

对于打土块，艾尔肯有十足的信心，只要让他看到野兔的影子，保管要了它的小命。野兔已经换了好几个地方了，可是一直在艾尔肯的视线里。为了提高准确率，他悄悄地向野兔靠近了几步，在他觉得距离差不多时，他慢慢举起右手的土块，嗖的一声甩了出去。就在土块出手之际，他看到那只野兔纵身一跳，便消失在草丛里。

土块像出膛的子弹一样飞了过去，在野兔卧过的地方，溅起一团烟雾。他实在不敢相信，那只野兔竟然躲开了他的土块。他觉得很奇怪，今天他竟然连一只野兔也逮到，别说别人不信，就是自己也不信。他就是不信这个邪，他要回牧羊屋去，把套子和夹子全都拿来，布下一个天罗地网，看你往哪里逃。没错，下套子下夹子，都是艾尔肯的拿手好戏。每年冬天艾尔肯下夹子套兔子，都能赚几百甚至上千块钱。

这一点不是艾尔肯自夸，村里人也很是羡慕。特别是那个乔拉克（瘸子）吾斯曼。他总是一副贪婪的嘴脸，似笑非笑酸不溜丢地说：艾尔肯，胡杨林里的野兔都让你套完了，钱装进你的口袋了，我们全村人都看着你一个人腰包鼓起来了。

艾尔肯知道乔拉克吾斯曼这张臭嘴说不出什么好听的话。他不想和这样的人啰唆什么，吵起来是自己丢人，乔拉克吾斯曼要是怕丢人，他就不会放这些不香不臭的屁了。世界上就是有这么一种人，看不得别人过好日子，眼睛红得像兔子一样。

回到牧羊屋，艾尔肯找到夹子和套子就出门了。他所有的套子和夹子都派上了用场，把野兔洞穴周边围了一个大大的圈，他按照野兔的生活规律，下好套子和夹子，就等着捡兔子了。可是第一天，他转了一圈没捡到一只兔子，第二天、第三天也没有一点动静。他想：是不是这只野兔早就溜出去了。他认真地顺着下的套子和夹子转了一圈，还真发现了那只野兔，它正若无其事地吃草。他觉得太奇怪了，这只野兔也太神了，竟然躲过了他下的那些套子和夹子，依然自由自在地活在这里。他想，一定有神在帮助它。艾尔肯仰望天空，右手抚着胸口嘟囔着：真主呀，请原谅我的贪婪吧！我再也不……

就在这时，一只盘旋的鹰突然从天空俯冲下来，直奔那只野兔。野兔却突然仰面朝天，就在鹰的双爪要抓上野兔的一刹那，野兔四腿猛然蹬出，鹰被蹬起三四米高，之后，野兔迅速转进了洞穴。鹰落下时，羽毛在空中翩翩起舞。

艾尔肯彻底看傻了。

奔跑的野兔

胡杨林野兔成灾。大片大片的草场，被野兔破坏得不成样子了。这家伙和羊争吃牧草也就罢了，还到处打洞，把好好的胡杨林搞得就和二十世纪五六十年代的防空洞一样，一个洞连着一个洞，很多胡杨都被它们挖死了。胡杨树都死了还到哪里放羊？乌达当地（他妈的），牧羊人鲁再克很生气地骂着。可是，骂解决不了任何问题，他就扛着坎土曼，见着兔子窝就挖，把自己挖得满头大汗。挖着挖着，他就对自己的行为感到好笑，这不是在累自己吗，把兔子打光不就好了。

鲁再克刚开始觉得很有意思，时不时打一只换换口味挺不错的。可这些野兔繁殖得太快了，春天才百十来只，仅仅几个月的工夫，已经发展到千把只了。有时，这些野兔明目张胆地跑出来，满胡杨林里乱窜，把小羊羔吓得乱蹦乱跳，还一个劲儿地咩咩地叫。就这么大一个胡杨林，草吃光了，羊群还吃什么。昨天，鲁再克又打了两只野兔，可他并不想吃。他掏出手机，想打给和他从小一起长大的吐尔地，让他拿回去吃了算了。吐尔地这家伙一辈子不舍得吃不舍得穿，老婆孩子和他过日子，真是太受罪了。可是手机没有信号，他爬到一个大土坡上，刚好有一格信号，拨通了，可声音并不清楚。他很生气，嘴里嘟囔着：什么破手机。他又爬到一棵胡杨树上，才拨通了吐尔地的手机。

挂了手机，鲁再克越想越生气，自己嘟囔着：这是怎样的一个人,啊?我说,我打了两只野兔子,让他来拿回去吃。他说,你放羊的地方那么远,你给我送过来。阿斯达(天啊),天下还有没有这样的人,啊!我给你送回去,我的羊群怎么办?

鲁再克又想了想,也对,这么远的路,吐尔地又没摩托车,到这里估计都下半夜了。他叹了一口气,还是发动了摩托车,跑了一个多小时将野兔送到吐尔地家。

吐尔地说:吃了饭再走吧。

鲁再克说:不行,羊群到了晚上没人管不行。

吐尔地问:今年胡杨林里的兔子很多吗?

喂江(感叹词),成灾了。鲁再克说,它们成群结队地满胡杨林地跑,还到处打洞,胡杨根都被咬断了,树死了,草也被啃光了。哎!真不知道以后到哪里放羊去。

那还不赶紧消灭野兔!吐尔地说。

说得容易,那么多的野兔,我消灭得过来吗!鲁再克翻着眼皮说。

那,那我去帮你消灭野兔。吐尔地说,不过……

不过什么?

打回来的野兔都归我。

没问题,没人和你争。鲁再克说,你不要,我就喂牧羊犬了。

好,那就这么说定了。吐尔地说。

吐尔地和鲁再克来到胡杨林动用所有手段,下药,下套子,下网。头几天,每趟出去都捡回来几十只野兔,鲁再克也帮着吐尔地剥皮掏内脏,之后,就挂在胡杨树枝上风干。鲁再克一直不知道吐尔地想干什么,不知道这么多的风干野兔有什么用。没多少日子,胡杨林里就挂满了野兔子。鲁再克心想,这么多的风干野兔,就是吐尔地一家人吃一年也吃不完啊。

没过几天,吐尔地说要到镇上去一趟,找个买家,把这些风干野兔卖了。

吐尔地回来时,带回来几个老板,他们看了看风干的野兔,又扯了一块放在嘴里嚼。鲁再克也偷偷扯了一块风干野兔嚼,他这才知道,风干野兔的味道真不错。一只十二块钱,风干野兔全都被拉走了。看着吐尔地数着厚厚一沓大钞,鲁再克心里真不是滋味。

最后,吐尔地数了五张大钞递给鲁再克,说:这是你的工钱。

鲁再克没有接,说:我为什么就没想到呢?

以后,你的风干野兔,不管大小,每只给你十元,我收购。说完,吐尔地还是把钱塞进了鲁再克的手里,和那帮人一起走了。

看着吐尔地的背影,鲁再克朝自己的头上使劲儿捶了一拳。他叹口气想想,还好,吐尔地把以后风干野兔这个差使留给了自己。他粗略算了算,吐尔地这一个多月来,搞走了一千多只野兔,现在胡杨林里至少还有几百只。鲁再克微微点着头,这样算,今年除了放羊,还有风干野兔这一块儿,也算是一笔不小的收获。他望着胡杨林,以后的好日子好像正走向他,他看见一座新房,那就是他以后的家。

鲁再克每天想着法子逮野兔,可是,逮到的野兔越来越少,从一开始一天五六只,到后来的三四只,到现在甚至一只也逮不着。鲁再克不想这么守株待兔,他要采取新办法,一只风干野兔就是十块钱,这样等着就等于自己少挣钱了。

第二天,鲁再克把那把锈迹斑斑的坎土曼找出来,看到野兔子窝就挖,野兔窝里十室九空,汗水没少流,却没一点收获。挖到中午,鲁再克终于挖到了一窝小野兔。四只小野兔龟缩在一起,鲁再克此刻看到的不是小野兔,而是四张票子。他掏出皮夹克

(刀子),一只一只放血,扒皮掏内脏,挂在胡杨枝上。

鲁再克觉得这个新办法不错,每天还是有收获的,看在钱的份上,他想尽快富裕起来,放羊这活儿,毛驴才愿意干呢。谁不想过搂着老婆、抱着孩子的日子。

那天早上起来,牧羊小屋好像歪了,鲁再克想出去看看,可门怎么也推不开。没办法,他只好从天窗爬了出来。他看到牧羊小屋整体下陷了二十多厘米,所以门才推不开。他不知道发生了什么,好好的房子怎么会下陷呢?

就在他四处观看时,几十只野兔子,从牧羊小屋底下钻出来,像排着队一样一个跟着一个奔跑着。鲁再克一看到野兔就来了精神,这几十只野兔怎能放过。他刚想跳下屋顶,感觉自己使不上力,牧羊小屋塌了,他也被挤压在中间塌陷的地方。

等路过的牧羊人把他救出来时,他已经奄奄一息了。

寻　梦

小艾麦尔江做了一个梦,他梦见沙漠深处有一座很美丽的小镇。那座小镇就像从地底下冒出来的,孤零零地矗立在塔克拉玛干的腹地,四周全是连绵起伏的大沙漠。

这座小镇看上去很古朴、很安静,每天都像巴扎(集市)一样热闹,人来人往川流不息。做买卖的占据马路两旁,买买提的包子熟了,小伙计就站在包子铺门口喊上一嗓子:买买提皮儿薄肉多的包子熟了。街上的人听到了,就会呼啦一下子拥过去。

小镇的马路上没有漂亮的汽车,也没有交警,只有马车、驴车和骆驼队,羊群也可以自由地穿过街道,去远方的草场。小镇的建筑物也都是古香古色的土坯房子,最高的也只有三层。这些土坯房子看上去很简单,可是冬暖夏凉,非常适合人居住。门脸全都是精美的木雕,油漆很鲜艳,木雕上的图案大都是花卉,也有人物和动物的图案。

一条坎儿井围绕在小镇的周围。水从哪里来的不知道,据说,在小镇旁边的沙漠有一个很大的地下湖泊,小镇人就开挖了一条坎儿井,供小镇人们生活生产用。坎儿井的水特别甜润,据说,小镇人能歌善舞,都是因为喝了坎儿井的水。这个传说并不假,小镇的人都有一副好嗓子,女人唱起歌像百灵鸟,甜美清脆而又委婉,男人唱起歌来特别高亢洪亮。小镇人都喜欢唱歌,干活儿的时候唱,可以解除劳累;走路的时候唱,感觉路就短了;谈情说爱的时候唱,抒发男女青年心中彼此的爱意;跳麦西来甫的时候,更少不了歌声的相伴。

小艾麦尔江醒来后,就在地上画着小镇的样子。爸爸问他:艾麦尔江,你在画什么呢?

我在画梦。小艾麦尔江说。

梦能画出来吗?

能。

孩子,别傻了。爸爸说,只不过一个梦,画它有什么用呢?

梦是假的吗?小艾麦尔江抬起头看着爸爸说,梦真的不存在吗?

梦就是梦,如果梦里的事情都实现了,我们还需要每天干活吗?爸爸说。

不,我相信我的梦是真的。小艾麦尔江说,长大了,我还要找到这座小镇。

不可能的,孩子,爸爸说,你的梦在骗你。

爸爸摇了摇头走了,他不想干涉孩子无限的想象力,说不准这孩子长大了,还真能画出点儿名堂。小艾麦尔江继续认真地画着,那座小镇越来越清晰了,每一条街,每一栋房子,每个人和那些街上的每一家店铺,都清晰地出现在他的画中。小艾麦尔江认真思索着,他不想遗漏一点梦中的景象。那座小镇越来越逼真了,几乎和小艾麦尔江梦里的一模一样。

一群孩子看到小艾麦尔江在地上画画,就问:艾麦尔江,你这是在画什么?

小艾麦尔江不抬头,仍旧认真地边画边说:我在画梦里的一座小镇。

艾麦尔江,你梦里的小镇就是这样吗? 一个小女孩问。

它没有我们住的城市繁华,也没有高楼大厦和浓重的现代气息,可是,小艾麦尔江说:可是,那座小镇是我见过最好的一个地方,虽然它不够现代,但它却很古朴;虽然它不够繁华,但它却很热闹;虽然它不够大,但它却很舒适;虽然它没有一应俱全的社会设施,可我却觉得它很亲切,要是我们住的城市也那样该有多好。

你能帮我把梦画下来吗? 小女孩问。

当然可以,小艾麦尔江说,只要你把梦说出来,我就可以画出来。

一个小男孩子不知被谁推了一把,一只脚踩到了小艾麦尔江的画。小艾麦尔江一把抓住那个小男孩的衣领:你赔我的画。

我不是故意的,小男孩说,是他们推的。

你们这帮坏家伙,他松开那个小男孩的衣领说,敢弄坏我的画! 他知道一定是那个笑嘻嘻的家伙干的,他要和那个家伙拼

命。可是就在他一步步接近那个家伙时,那个坏家伙从他的画上跑了过去,之后,一溜烟跑了。几个脚印留在小艾麦尔江的画上,他像疯了一样追去。

等小艾麦尔江回来时,地上的画没了,只有一些乱七八糟的脚印。他蹲在地上哭了,他自言自语地说:你不知道,打碎别人的梦有多么残忍吗?

小艾麦尔江不知道哭了多长时间,他的眼泪哭干了,也不想骂任何人,他只想一个人静静地待着。又过了好一会儿,他听到背后的脚步声。他没有回头看,现在他不想搭理任何人。

艾麦尔江,我听说你和别的孩子打架了?爸爸问,这样很不好,你知道吗?

他们不该破坏我的画。小艾麦尔江说,那是我最完美的梦。

我给你买来了画纸和画笔。爸爸说,画吧,把你的梦全都画下来吧。

他没接爸爸递过来的画纸和画笔,他说:我不想再画了,我只想快快地长大,长大了,我就去寻找我的梦,我要找到那个小镇。

梦就是梦,你懂吗?爸爸说,画下你的梦,也许你会成为一位画家。

不,我不想当画家,小艾麦尔江说,我想做一个考古学家,我知道那座小镇就藏在塔克拉玛干的腹地。

从此,小艾麦尔江天天盼着自己长大,长大了以后,他就可以去寻找那座小镇了。

多年以后,艾麦尔江已是一名知名的大漠考古专家了。休假的时候,他再次回想起儿时的那个梦。他想,准备了这么多年,他还没有真正为了自己的梦努力过一次,这个假期他要去寻找那个梦里的小镇。

吐鲁洪买买提和他的小毛驴

　　小毛驴嗷嗷唱歌的时候，不远处有一头比较健壮的大青驴。大青驴满不在乎地站在高岗上，翘起尾巴一串很响亮的青草屁，就把小毛驴的叫声给压下去了。赶车的吐鲁洪买买提双腿耷拉在车辕下，不停地晃动着，摇了一下手里的小鞭子，并没有落在小毛驴的身上。他对小毛驴说：你别惹它，这家伙厉害着呢，你看它的屁都比你的叫声响。

　　小毛驴好像听懂了他的话，打了一个响鼻，脚步明显加快了。村里人都说，吐鲁洪买买提这家伙的脾气就像一头驴，不知啥时候就来了驴劲，上蹿下跳的，简直就是一个跳梁小丑，让人非常头疼。不把满身的驴脾气耍出来，他是不会消停下来的。其实还说明，这家伙特别难缠，所以，村里人都不愿意和他打交道。是的，小毛驴是这个家伙唯一的朋友。

　　回到家里，吐鲁洪买买提把驴车上的货卸下来，将小毛驴牵到院子外泥土松软的地方，看着小毛驴扑腾扑腾地打滚儿，打完滚儿再把它拴在院子外的一棵桑树下。他喜欢把小毛驴拴在那里，夏天，桑树下有阴凉，小毛驴不会晒到毒辣的太阳；冬天，有一堵墙为小毛驴挡风，气温再下降，他就拿一床毯子，给小毛驴搭在背上御寒。村里人都说：吐鲁洪买买提对那头小毛驴，就像对他亲女儿一样亲，做他家的牲口简直太幸福了。他把小毛驴身上的土扑打干净，才转身走进院子，从小驴车上拽下一捆青草给小毛驴。小毛驴咯嘣咯嘣地嚼着,他就站在旁边看着。

太阳落山了,吐鲁洪买买提的肚子也咕咕地叫了。他望一眼村里,家家户户炊烟袅袅,叽叽喳喳的鸟儿也都归巢了。他才叹了一口气向屋子里走去。一个人的饭好对付,一块干馕,一碗乌麻什(糊糊)就打发了。他对吃的从来不挑剔,能填饱肚子,他就没别的要求了。

早些年,吐鲁洪买买提不是这个样子的,人虽然木讷了一些,却也很好相处,谁家有个大小事情的,他能帮点啥就帮点啥,帮不上手就捧个人场。可是自从那个结了三次婚的女人走了之后,他就像变了个人,平日里话越来越少,见到人就跟没见到一样,和他打招呼也等于白打,他连眼皮都不会抬一下。谁家要是惹到了他,那可算捅了马蜂窝了,他会把你家的树干钻个窟窿塞上狗屎,没多少日子,树就死了;地里的庄稼也会被他拔苗助长,蔫不唧的就死了。大家知道这是吐鲁洪买买提干的,因此不想再招惹他了,说不准什么时候,你家的炕洞烟囱就不冒烟了,把你一家人熏得像耗子一样,等爬上屋顶一看,才知道烟囱被别人堵上了。在村里谁会干这种缺德带冒烟的事?只有吐鲁洪买买提这个家伙了,谁还敢招惹这样的人?躲都躲不及呀。

那个结了三次婚的女人为什么走了呢?这在村里有很多传言。有人说,那个女人受不了吐鲁洪买买提的折腾,每天晚上都要折腾两三次,不管刮风下雨,也不管女人来不来那个,反正他就认准了一个事儿——折腾;也有人说,吐鲁洪买买提那东西又长又大,每次都把那个女人干得哭爹喊娘,那个女人实在忍受不了了,只有走了;还有人说,吐鲁洪买买提这家伙有个坏毛病,晚上必须把小毛驴牵到屋子里,人在炕上睡觉,小毛驴在炕下站着,和女人干那事儿的时候,小毛驴就看着。女人哪见过这样的阵势,每次做那事儿都很难受,男人和女人那点事儿,怎么能被一双眼睛看着呢!小毛驴看不懂也不行,那终归是一双眼睛。女人总觉得他们那点事儿,早成了村里茶余饭后的笑料了,她一睁开眼睛就能看到小毛驴那双眨巴的眼睛。

这些传说不知是真是假,反正就这么传着。在吐鲁洪买买提的心里,这个村里没什么好人,人人都把他当成笑料。不管走到哪里,不管人多人少,每个人都是一副嘲弄的嘴脸,说:吐鲁洪买买提,晚上你的小毛驴都看到了什么?他觉得这些人太无聊太讨厌,他的眼神像一把锋利的刀子,恨不得一下子就插进这些嘲弄他的人的心里,这样,才能解他的心头之恨。

他在心里说:看到什么?看到你爸和你妈在做龌龊的事。他觉得这样想很解气,比他骂出来还解气。

吐鲁洪买买提最喜欢干的事儿就是赶巴扎(集市)。他赶巴扎没什么目的,不买也不卖,就是喜欢闲逛。他早晨骑着小毛驴去,晚上骑着小毛驴回。小毛驴是他的心肝宝贝,除了他自己骑骑,拉拉车,谁也不借。村里人都说,这头小毛驴到了吐鲁洪买买提手里,算是掉进了幸福的窝里了,太阳晒不着雨淋不着,比过去的巴依(地主、财主)老爷过得还舒坦。

那次赶巴扎,吐鲁洪买买提买了一恰拉(12.5公斤)玉米,他骑在小毛驴背上,肩上扛着买来的玉米。看到他的人都觉得奇怪,为什么不把玉米驮在驴背上呢?终于有人憋不住问了一句:哎,吐鲁洪买买提,为什么不把你肩上的口袋放在小毛驴背上?

为什么为什么。他觉得这些人太傻了,就这点事儿也看不明白。他说:我怕小毛驴太累了,我扛着玉米,重量在我的身上,不在小毛驴的身上,它就不累了嘛。

那你是不是骑在小毛驴背上?

当然,吐鲁洪买买提很不高兴地说,我不骑在小毛驴背上,难道还骑在马背上吗?

少年与羊群

艾尔肯,爸爸送你一群羊吧,父亲说,等你长大了,你就用这群羊娶老婆。

好呀,我会把羊放得饱饱的、肥肥的。艾尔肯不知道什么是娶老婆,但他知道一群羊是好多好多的羊。他一直很羡慕邻居家的穆沙江,他家有一百多只羊。每次穆沙江都对他说:我爸爸说了,这群羊就是给我娶老婆的。艾尔肯觉得穆沙江这个人太不知廉耻了,自己才多大呀,就想着娶老婆。老婆是干啥的呢?他觉得这些大人都很奇怪,自己的羊送给别人,换个老婆有啥意思?穆沙江这个家伙脑子肯定有问题,一准儿让他家驴踢了。那么一大群羊换个老婆,太傻了,如果自己有一群羊,他才不干这样的傻事儿呢!他想,如果他有穆沙江一样多的羊群,他要给妈妈盖一栋好一点的房子,再也不住这破土块的房子了。他还要给妈妈买艾得莱丝裙子,给妈妈买好吃的,让妈妈快快乐乐地生活。

父亲没有一群羊,只有一只羊。他不知道父亲会从哪里弄来一群羊送给他。如果他也有一群羊,他一定要在穆沙江面前牛一把,告诉他:这是爸爸送给我的一群羊。可他一想到父亲的话,就觉得很奇怪,为什么大人说话都这样,送群羊就送群羊,干吗要说娶老婆呢?羊群是老婆吗?还是老婆是羊群?老婆就那么好吗?

父亲牵过那只羊说:这就是我送你的一群羊。

艾尔肯突然哭了,他说爸爸是个大骗子,说送一群羊,怎么才一只呢?

等你长大了,你就有一群羊了。父亲笑着说。

那时候,艾尔肯才七八岁,他除了每天上学,还要放那只羊。他一直在想,一只羊怎么才能变成一群羊呢?爸爸说了,这是一个秘密,等他长大了就知道了。艾尔肯知道再过十几天,母羊就要生产了,到了那时候,他就有两只羊了。真是太好了,小羊羔长什么样子呢?一定非常可爱。他见过穆沙江的小羊羔,卷卷的毛,小小的嘴巴,活蹦乱跳的样子,真是可爱极了。他老想抱抱那些小羊羔,可是,那个讨厌的穆沙江,就是不让他抱,还说:艾尔肯,你这个小穷鬼,抱你自己家的小羊羔去,没有是吧?那也不许抱我们家的。

为此,他还和穆沙江打了一架,没打过也没关系,那也要让穆沙江知道我艾尔肯不是好惹的,不是他想骂就能骂的主儿。穆沙江这家伙估计生下来的时候,是用尿布给擦的嘴,不然这家伙嘴咋那么臭呢!村里的大人小孩都不喜欢他,都说穆沙江是个野孩子,像他爸爸一样令人讨厌。穆沙江爸爸怎么讨厌?他没见过,当然也不知道。可是,大家都说:有其父必有其子。艾尔肯想,估计和穆沙江一样让人讨厌吧。

母羊生产了,生了一只黑油油的小羊羔。小羊羔很健康,生下来一个多小时就会跑了。吃奶的时候,它总喜欢用头撞母羊的乳房。母羊静静地站在院子里,任由小羊羔边撞边吸奶。小羊羔吃饱了,撒着欢儿在院子里跑,还时不时地蹦跳几下,小羊羔对什么都感兴趣,特别是小鸡小狗,总是无休止地纠缠它们。小狗被惹烦了,对它汪的一声,它立即跑到一边玩,玩一会儿,就忘了小狗对它的态度,又跑过去用头顶小狗。

放羊的时候,艾尔肯总是抱着小羊羔,他怕小羊羔累到了,就长不快了。他总是把母羊牵到距离穆沙江的羊群很远的地方,他不想和这个讨厌的家伙为伴。其实,艾尔肯最怕听到穆沙江嘲弄他的话。这家伙狗嘴里吐不出象牙,说的每一句话都不怀好意。不是怕自己打不过他,而是他怕给爸爸惹麻烦,如果艾尔肯把穆沙江揍一顿,他准会跑回家找他爸爸来,他爸爸就会去找爸爸的麻烦。大人打架很可怕,一拳一拳打在身上,一定很疼的。上次他和穆沙江打架,穆沙江一拳打在他的鼻子上,流了很多的血,到现在他想起,鼻子还酸酸地疼。

日子一天天过去了,小羊羔也长大了,艾尔肯已经抱不动它了。第二年四月,母羊又生了一只小羊羔,皮毛颜色和它的姐姐一样黑亮。六月,小羊羔的姐姐也生了一只小羊羔,艾尔肯非常高兴,他望着远远的原野,看到穆沙江在那里放羊,那个家伙好像还唱着什么。他知道穆沙江不会唱什么好歌儿,一定是想老婆的歌儿。

艾尔肯赶着羊向穆沙江走去,要让穆沙江知道,他也有四只羊了,他的羊群很快就会壮大起来。他的羊群壮大起来,不是为了娶老婆,而是为了让妈妈过上好日子。

穆沙江看到艾尔肯走过来,他说:艾尔肯,我真为你难过,什么时候才能有我这么一大群羊呀?看样子你这辈子就甭想娶老婆了。

很快。艾尔肯说,真的,五年以后,我就有三十多只羊了。

五年以后?穆沙江说,三十多只?

对。艾尔肯说,但是,我想告诉你,我的羊群壮大了,不会像你一样,为了自己娶老婆,我要让我的爸爸妈妈过上好日子。

艾尔肯,你爸爸是个老穷鬼,你是个小穷鬼。穆沙江说,你们一家都是穷鬼。

艾尔肯望了一眼远方,回过头说:穆沙江,穷日子不会在我家扎根,富日子也不会在你家扎根,我已经看到好日子正一步步向我走来。

十二年后,穆沙江赌博输光了那一大群羊。十九岁的艾尔肯考上了大学,爸爸卖了三十只羊,给艾尔肯做学费,圈里还有一百多只羊。

爸爸说:孩子啊,这一百多只羊都是你的学费,你放心大胆地上大学去。

画　梦

小古丽先是个爱做梦的女孩,她做的梦总是那么美好。梦中她变成万众瞩目的公主,穿着华丽的宫廷服饰,身边总是围着一帮仆人。她说热,马上就有人扇扇子;她说想吃水果,马上就有人端到她的面前。他们还一个劲儿地赞美她。

可是现实中,小古丽先总有干不完的活儿,家里的三只羊她要放,还要割羊草。两个鼻涕邋遢的弟弟,她得哄他们玩,还得给他们做饭喂饭擦屁股。爸爸为了挣钱给妈妈治病,出外打工了。妈妈病病歪歪地卧在炕上,整天哎哎呀呀的就是不见好。小古丽先不知道妈妈得了什么病,看着妈妈一天天瘦下去,瘦得只剩一层皮了。

小古丽先总是渴望进入梦中的生活,过上那样的生活,那该有多好啊!她不需要那么多人伺候,也不需要那么昂贵的服饰,只要有一身漂亮的艾得莱丝裙子就好。她每天背着书包,带着两个弟弟上学。放学了,带着弟弟一起把三只羊赶到草场上放牧,羊吃草的时候,她就趴在草地上写作业。小古丽先的要求并不高,这也是村里其他孩子过着的生活。

爸爸走的时候说了,古丽先,你要照顾好妈妈和弟弟们,等爸爸把钱挣回来,再送妈妈去医院。妈妈病了一年多了,住了几次医院,病情也不见好转,却把家里一群一百多只的羊住得就剩下这三只了。爸爸说:留下这三只羊,我们还会有一群羊的。小古丽先相信爸爸说的话,所以她每天都认真地放着这三只羊,每天都盼着爸爸回来。爸爸回来就有钱了,有钱就可以送妈妈去医院了。妈妈病好了,那该是多么好的事情。她每天都掰着手指头算爸爸走了多少天。数够了三十天,还是不见爸爸的影子,她知道爸爸还在努力挣钱。

没事的时候,小古丽先就带着两个弟弟跑到村口张望,可是天黑了,仍不见爸爸的身影,她只能带着弟弟回来。那一夜,小古丽先又做梦了,还是那座金碧辉煌的城堡,她站在城堡上俯视着万众欢呼的人群,举起纤纤的小手,向城堡下面欢呼的人群挥手致意。忽然,小古丽先看到一个熟悉的身影。那不是爸爸吗!他怎么也在这里?她呼喊着:爸爸,爸爸。可是爸爸背着一个大袋子,挤出了人群走了。小古丽先很着急,爸爸怎么走了呢?

就在她再次呼喊爸爸时,弟弟睡梦中的手臂,正好打在她的脸上,一股火辣辣的疼痛使她从睡梦中惊醒。醒来以后,小古丽先就没有了睡意,她想起梦里的情景,觉得很奇怪,爸爸怎么也会在她的梦里呢?他背上的袋子里装的是什么呢?看上去很重很重。小古丽先想,如果不是弟弟那一巴掌打醒她,现在她还在梦里,也许她已经追到了爸爸。她轻轻叹了一口气,翻过身给弟弟盖好被子。她想尽快进入梦乡,也许爸爸还没走远。

东方天空刚刚放亮,小古丽先就起床了,她要在上学之前,把三只羊的肚子喂饱,然后,她还得给妈妈、弟弟们做饭。等这些事情都做完了,她才能上学去。三只羊低头啃食着青草,小古丽先也没有闲着,割了一捆嫩嫩的青草。她坐在那捆青草上,拿出书本写还没有做完的作业。

作业写完了,小古丽先望着那冉冉升起的太阳,太阳一点一点地长高。忽然,她又想起昨晚上的梦。想着想着,小古丽先就笑了。她想,自己前世一定是一位美丽的公主,不然怎么总是做这样的梦。那座富丽堂皇的城堡也是为她而建的,她非常熟悉城堡里面每一间房子和每一条街,她走到哪里都有一群人围前随后,她的话在城堡里就是圣旨,没人敢违背。忽然,她眼前一亮:一直认为自己是城堡里的公主,其实自己或许是至高无上的女王。

坐在课堂上的小古丽先,脑子里还是想着那座梦里的城堡。她悄悄地打开图画本,一笔一笔地画着,一会儿工夫,一座城堡便跃然纸上了。之后,她在城堡上添上一位美丽的女王。

古丽先,你在干什么呢?老师走过来问,你在画什么呢?

小古丽先怯怯地说:我在,我在画昨天晚上的梦。

梦也能画出来吗?老师问,画梦有意义吗?

能。小古丽先指着图画本上的图案,很坚定地说,这就是我昨天晚上的梦。梦是我唯一可以不花钱就能得到的东西。也只有在梦里,我才不用担心妈妈的病情,也不用天天想着爸爸什么时候回来,什么时候带回来很多很多的钱,什么时候把妈妈送进

医院治好妈妈的病,我们家的三只羊什么时候才能变成像妈妈没有生病前那样一大群。

老师指着画中的城堡和女王,问:这是什么?

小古丽先不好意思扭捏地说:这是我梦中的城堡。这个人是,是我。

哦!你在梦中是一位女王啊!老师说,真了不起,你的梦很有意思。

小古丽先扯拽着自己的衣角小声地说:梦终究是梦,再完美的梦也会醒来。要是不醒该有多好。

不,孩子,梦也许是假的,老师望着小古丽先说,可是,我们如果把梦当作一种人生追求,也许梦就不是假的了。我们不做女王,我们要做有理想有追求的人。

逃出塔克拉玛干

天边已经开始放亮了。

初晨的塔克拉玛干还是比较凉爽的,还有一点让人觉得可爱。可是她现在可没心思欣赏这些,她的心里只有一个想法,那就是赶快逃出塔克拉玛干。

这是第几天了?她在心里问自己。应该是第七天了,如果今天再看不到一点儿希望,她知道自己就坚持不了了。水也快喝完了,南瓜都快变成干儿了。头两天,她还感觉后面有人追赶,她总是隐隐约约听到马蹄声。这些天马蹄声没了,估计追赶她的马匪认为她已经死了。

如果水和南瓜都没了,她就将成为塔克拉玛干的一具干尸。想到这些她并不觉得害怕,只要能逃出马匪的魔爪,死了,她也不后悔。那是一个让人很害怕的夜晚,大风扯着喉咙呼呼地吹着,将一切搅得天昏地暗。突然,一群蒙着面的人闯了进来,把她像老鹰捉小鸡一般装进麻袋里,然后扔到马背上就走了。父亲和母亲想阻挠,可是他们怎抵得住这帮马匪的粗暴,一顿拳脚,父亲和母亲都趴在地上了。她看到父亲痛苦地呼叫她的样子,那只伸展在空中的手,好似要把她拉回去。

就这样,不知走了多少天,她被马匪带到了塔克拉玛干深处一个叫塔什库都克(石头井)的地方。不知道谁在那里打了一口很深的石头井,在不远处还有一些低矮的房子,这里就是马匪的老巢。她知道,落到这帮马匪手里没好果子吃。当从那扇小门钻进一个黑影、黑影一步步走近她的时候,她知道将要发生什么。她下意识地双手紧抱在自己的胸前,将身子缩成一团。她的衣服被扒光,一座山一样的身影压在她身上。她没有挣扎,做那些无谓的举动,只会让自己受到更大的伤害。这个家伙一顿号叫之后走了,小门外又一个黑影钻进来,她咬着牙忍受着兽欲。一个接一个,这帮马匪终于结束了兽欲般的发泄。

一天、两天、三天,她就像一个用来发泄兽欲的工具,这个走了那个来。

她听到外面两个人的对话:看紧一点,别跑了,跑了,我们就没有乐子了。

另一个说:没你说的那么严重,你让她跑她也跑不出塔克拉玛干的。

那倒是,那个接着说,想跑只有一个字儿,死。

死,这个字儿,在她的心里一直有股阴森森的感觉,而此时,她觉得能痛痛快快地死,也是很不错的,总比这样活在魔窟里受尽折磨好多了。可是现在,她不想就这么死了,哪怕是死在逃跑的路上,还是有一线生机的。她穿好衣服,一直关注外面的声音和马匪的举动。马匪好像根本不怕她逃跑,外面一个看守的人都没有,不能错过这样的大好时机。上半夜,她不敢贸然行动,最起码她要摸清外面的情况和逃跑的方向。下半夜,她牵出一匹马,把马鞍和肚带扣好,找到一个褡裢搭在马背上,她在拿羊皮水袋时,看见几个南瓜,她装了三个。她悄悄牵着马走出塔什库都克,走出好远,她才骑上马,举起马鞭子狠狠地打在马屁股上,马放开四蹄向前奔跑着。她没有按马匪常走的路线逃跑,北斗七星成了她的坐标,她一直向北奔逃。

整整跑了大半夜和一个白天,当第二个夜晚降临时,马已经跑不动了,她再次催赶了几鞭子,没走几步,马就停下了脚步,之后晃晃悠悠地倒下了,慢慢地闭上了眼睛。马累死了。她把褡裢扛在肩上,里面是羊皮水袋和南瓜。这一路上她尽可能地少喝水,没有水她是逃不出去的。她把南瓜割一块扣在鼻子和嘴上,饿了,就把已没有水分的南瓜吃了,再割一块扣在鼻子和嘴上。这个办法很有效,不仅能减少身体水分的消耗,也保存了自己的体力。

第三天,太阳火辣辣地照射的时候,她像一只沙鼠一样钻进沙子里,鼻子和嘴上扣着南瓜,躲避太阳的暴晒。等太阳落下去,她再钻出来继续奔逃。就这样,白天她像沙鼠一样钻进大沙包里,晚上看着北斗星一直向北。

天亮的时候,偶尔有一两只不知名的鸟飞过她的头顶。此时,她非常羡慕自由飞翔的鸟,如果自己也有一对翅膀该多好,早就飞回家了。突然,她仰起头望着已不知道飞向何方的鸟,她好像一下子看到了希望。是的是的,这里距离村庄一定不远了,不然是看不到鸟的。她要尽快逃出塔克拉玛干。

太阳慢慢地爬上地平线,她不想再像沙鼠一样钻进沙子里了。她拿出羊皮水袋,猛喝了两口水。在这之前她从不敢这样喝水,水一旦喝完了意味着什么,她比谁都清楚。现在,她不怕了,如果估计不错,再有半天时间就可以看到村庄了。她加快了脚步,不时地手搭凉棚向远处张望。当她再次爬上一个大沙丘,隐隐约约看到一群羊,她知道自己获救了。她挥舞着手臂喊着,喊着喊着,她不知不觉地昏厥了过去。

当她睁开眼睛,一张维吾尔牧羊人的面孔出现在她的面前。他说:你终于醒了。

这是什么地方?她问。

这是托克拉克(胡杨)牧场。牧羊人说,你已经睡了三天三夜了。

她长长叹了口气说:终于逃出来了。泪水也一下子涌了出来。

那年冬天,她生了一个儿子,她起名胡达拜地(真主给的之意)。

胡达拜地从小就听妈妈讲这个故事,他总是问妈妈:我的爸爸是谁?

穿越塔克拉玛干的马车

没有像买买提·吾斯曼这么傻的人了，赶着一辆大马车穿越塔克拉玛干，说是给解放和田的解放军送粮。这个想法一冒出来，就招致村里人像雨点一样的非议。

这个买买提一定是疯了，司玛义说，塔克拉玛干也是可以随便穿越的吗？

就是，塔依尔接着说，他连塔克拉玛干什么意思都没搞懂。

胡达拜地怀里抱着孩子走过来，看到大家正在议论买买提送粮的事，撇着嘴说：和田没有粮食吗？要他这么远送两塔合（麻袋）粮食，都不够解放军吃一顿的。

人家想干啥就干啥，和你们有啥关系！卡德尔·肉孜阿吉撂下一句话就走了。

不要说塔克拉玛干有多么凶险，就是到和田那么远的路程，也不是一辆马车能走过去的。这是村里最有威望的老者阿西木·买买提捋着山羊胡子说的。阿西木老汉年轻的时候，走过一次塔克拉玛干大沙漠。那时候，阿西木很年轻，一个外国科考队要进入塔克拉玛干科考，阿西木的父亲是科考队的向导。父亲想多挣一点钱，就让不到十七岁的阿西木也加入了后勤服务队。

科考队出发了。阿西木觉得非常稀奇，第一次出远门，就走进了塔克拉玛干大沙漠。他早就听父亲说过塔克拉玛干大沙漠的凶险，可是有经验丰富的父亲在，他一点也不必操这些心。看着眼前一望无际的塔克拉玛干大漠,他的心里就像打开了无边无际的画卷,令阿西木非常兴奋。想起塔克拉玛干这个名字,挺吓人的,进去出不来。阿西木也在心里嘀咕过,真的进去出不来,这十七岁就白活了。父亲说了,这次回来就给他和阿依古丽说媒,如果不出意外,年底就可以和阿依古丽结婚了。三十只彩礼的羊都准备好了,做抓饭的大米也准备好了。这次跟着科考队就是挣点买金银首饰的钱。

科考队一直沿着叶尔羌河河道前行着。为了节省时间,父亲放弃叶尔羌河河道,选择了一条近路,想尽快地到达科考队要去的地方。叶尔羌河河道应该是比较安全的一条路,可是这样走下去,最少要多走三四天。父亲和科考队的大鼻子外国人一商量,就改了前行的路线。再往前走就是连绵起伏的大沙梁和大沙丘了,骆驼队依然摇着震荡塔克拉玛干的驼铃。父亲一会儿跑到一个大沙梁上,手搭凉棚向远处张望。看准了方向,父亲带着科考队继续出发。父亲说过,在塔克拉玛干最可怕的是傍晚,不知什么时候,遮天蔽日的黑沙暴就来了,瞬间就是一副天昏地暗的景象,货物被大风卷走,人有的被埋在沙子下了,也有的不知被吹到哪里去了。很多试图穿越塔克拉玛干的人,都丧命于黑沙暴的魔爪。说真的,阿西木还真想见识一下黑沙暴的厉害,可他不敢说出自己的想法,如果父亲知道了,非得拿鞭子抽他不可。

阿西木摘下挂在骆驼鞍子上的羊皮水袋,痛痛快快地喝了几口水,感觉好多了。这该死的太阳,就像定住了一样,总是照在他的头上,骆驼脚下的沙子也像烧红了的锅底,把人都快烤成肉干了。他刚把羊皮水袋挂上,父亲就说:大家节约用水,什么时候到达科考目的地还不知道,没有水我们谁也走不出这个大沙漠。父亲在阿西木心里是神圣的,有过很多传奇的经历。小的时候,父亲每次赶骆驼回来,不仅倒给母亲一袋哗啦啦的钱,还会给兄弟们讲赶骆驼碰到的新鲜事,也会讲遇到的马匪和闯过的鬼门关。

  父亲的本事是和爷爷学的。阿西木知道,他将来也是要吃这碗饭的。太阳缓缓地偏向了西方,阿西木抬起右手,挡住刺眼的阳光,看了看不愿沉下去的太阳。他伸手去摘羊皮水袋,刚碰到又把手缩了回来。一个个汗流浃背的赶驼人,依然紧紧地裹着围脖。他知道,太阳这个大火球太厉害了,万一被太阳灼伤就麻烦了,那时他不知道那是紫外线,但他知道灼伤的皮肤会一直溃烂下去。

  父亲忽然冲上一个沙丘,转身又跑了下来。他边跑边挥着手,嘴里还喊着:快,黑沙暴来了,快把骆驼拉到沙梁下卧倒,卸下骆驼背上的货物和架子。然后,父亲让每个人把水浇在围巾上,把围巾捂在嘴上,躲在骆驼的身旁,面朝下趴在地上,不让任何人抬头看。阿西木还是偷偷地看了一眼,黑沙暴就像一堵黑压压的墙,眨眼就天昏地暗,什么也看不到了,耳边只有呼呼狂吼的风和沙沙往下落的沙子。

  黑沙暴是什么时候停的,阿西木不记得了。阿西木挣扎了几次,都动弹不得,眼前黑乎乎的一片,身上就像压了几百公斤的东西,压得他喘不过气来,他已经感觉到死亡的脚步了。就在这时,他感觉身边有东西动了一下。他想起来了,黑沙暴袭来时,他趴在一峰骆驼的身旁了,手里还抓着一根绳子。他现在唯一的希望,就是骆驼可以站起来。就在他这么想着的时候,他听到有人在他的上面挖掩埋的沙子。骆驼使了几次劲儿都没站起来。他感觉身上的沙子越来越轻了。骆驼突然一用力站了起来,他的手才露了出来。阿西木被挖出来了,但有两个骆驼客不知被黑沙暴吹到哪里去了。

听完阿西木老汉的遭遇，买买提·吾斯曼还是赶着马车出发了。

头　羊

这是正值春天的四月。这是母羊发情交配的季节。

头羊站在高岗上，仰起头，它已经嗅到风中的一种气味。那是一只小公羊的气味。头羊并不在乎这只不知死活的小家伙，胆敢闯入它的领地，看来这个小东西并不知道它的手段。初出茅庐者都有这么一股不怕死的劲头儿，所谓初生牛犊不怕虎嘛。头羊轻蔑地笑了笑，它心想，来吧，我会让你知道一只老头羊有多么难缠。头羊巡视了一周，并没有发现一点儿的隐患。它看了一眼安静吃草的羊群，自己也继续低下头吃着草。

当头羊再次抬起头，它的鼻息里好似有一团很复杂的气味。它高昂的头，认真分辨来自不同方向混杂的气味。嗯，头羊嗅出来了，这里面不仅有它老情敌的气味，还有它老对手的气味。这些家伙还不死心呀！这些年它与这些老情敌老对手没少较量，可结局只有一个，这些家伙屁滚尿流失败而归。每年这个季节，这些家伙们总会忘了上一年的惨败，卷土重来。可是现在可不敢小觑这些日渐强盛的家伙们了，因为自己终归是"年事已高"。面对匆匆流逝的时光，头羊自己心里知道力不从心有多可怕。但它不想让其他羊知道，哪怕是跟随自己多年的母羊们和子孙。每次高傲地走过它们的身旁时，它总是表现出雄赳赳气昂昂的架势，那感觉就像君主驾临。头羊告诉自己,一定要拿出这种压倒一切的架势,不然一切皆有可能发生。

头羊回过头看了看一群低头吃草的妻妾和儿孙们。它知道,危险在一步步逼近了,一场大战即将拉开帷幕了。这些傻傻吃草的爱妻美妾们,怎么不知道危险就伴随在它们身边呢!头羊昂起高傲的头,凝望着远方许久。收回视线,那种浓烈的气息更加浓重了,它已感觉得到,危险正在一步步逼近自己了,和那些母羊们没有任何关系。这些家伙们要的就是头羊的这个位置,要的是它的草原和领地,还有它的爱妻美妾。是的,一旦失去头羊的头衔,这些美好的日子就都不再属于它了。这个世界就是这样残酷,你在位时可以高高在上,一旦大权旁落,没有谁会怜悯你。

为了自己的荣誉,为了神圣不可侵犯的地位,头羊必须放手一搏,哪怕是输了,也要输得漂漂亮亮,不能输得颜面尽失、一败涂地。头羊拉开架势,绷紧四蹄,把嘴巴朝向天空,从鼻子里喷出一股蓝色的气体,它知道仅有这些是远远不够的,那些胆敢入侵的坏家伙们,是不会惧怕这样的警示的,甚至会认为这是示弱的表现。它必须拿出更加有攻击性的举措,如果有几个家伙知难而退就太好了,它不必在这里装腔作势,摆出一副神圣不可侵犯的样子,让所有的来犯之敌都害怕。

头羊把身体弓成了一张大弓,拼命在地上蹭着角,前蹄使出全身力量刨着地面,发出咚咚咚的声响。这样的气势足够给自己壮胆,也足够让一切来犯之敌胆战心寒。忽然,羊群骚动起来,小羊羔咩咩地躲在母亲的身体后面,母羊警觉地注视着四周的响动。头羊这才嗅了嗅空气中的味道,一股血腥的味道在空气里飘荡。这种味道头羊感觉熟悉而又陌生,很久很久没有闻到这股味道了,这种味道中有那么一股令它胆怯的东西。一个可怕的名词突然冒了出来:狼!我的天呢,这个消失了许多年的天敌,怎么又出现了!看来,这次不是同类决斗那么简单了,狼危及的不是它自己的生命,是整个家族,甚至是整个羊类的命运。

它再次嗅了嗅空气中的味道,那些老情敌老对手的味道,全然没有了。它知道这些胆小鬼逃跑了,它们只会窝里斗,大难临头时就逃得远远的了。羊群开始四散奔逃起来。牧羊人不知道发生了什么,鞭子挥舞在空中,不知道往哪个方向赶。头羊此时内心好像忽然轻松了,它好像看到爱妻美妾一张张挣脱厄运的面孔,也听到孩子们逃出魔掌后的喘息声。

没有什么让它挂牵了,它要从容地面对一只瘦得像一堆干柴的狼。它想像狼一样嚎叫几嗓子,把狼的注意力引向自己。它已经准备好了,不是鱼死就是网破,只要一息尚存它就要战斗下去,哪怕付出自己的生命,它都必须坚守这份责任,谁让自己是头羊呢!可是那只瘦瘦的狼,没有向它扑过来,而是大摇大摆地向草原深处走去。

头羊已经闻到一只母羊的血腥味,它也看到了狼嘴角上的血迹。它知道,从此之后羊类再也没有安宁的日子了。头羊再次绷紧了四蹄,浑身铆足了劲向狼扑去。

一声枪响,头羊慢慢倒下去了。

生活是一辈子要思考的问题

年轻的时候,胡西拜尔老汉有满肚子的想法,今天他想做生意,明天他又想成为全村乃至全乡的养羊大户。他就想赚多多的钱,盖村里最好的房子,天天羊肉抓饭拉条子,清炖羊肉什么时候吃什么时候有。别人家里有的他都有,别人家没有的他也要有,每天大碗茶喝着,想唱就唱,想笑就笑,那该多有意思。像过去巴依(地主、财主)老爷那样,走到哪里都有人前呼后拥,连乡里的干部见了他,都得给他三分面子。胡西拜尔老汉觉得这样的生活才有意思。

三十多年的时光一晃就过去了,孩子们大了自己也老了,胡西拜尔大叔也变成胡西拜尔老汉了。看看几年前盖的三层小楼,他还是觉得很欣慰的,别说村里没人敢和他比,就是全乡也没有人敢和他比。胡西拜尔老汉觉得自己这辈子没白混,为两个儿子攒下这么大的一个家业,是令很多人羡慕的,多少人都眼红着呢!

胡西拜尔老汉知道最眼红他的就是那个沙地尔,沙地尔总是想和他比,有什么好比的呢?也是自己赶上了改革开放的好时候,不然大家还不是一样穷。回想起那时候,自己就像一台永远不知道累的机器,整天在外面跑,生意上的事多如牛毛,一会儿是干果行的事儿,一会儿是皮货收购站的事儿,哪一件不处理都不行,没一刻能闲下来。他还得时常到牧场去看看一万多只羊和三四百头牛。这些年,什么生意都不好做了,他也不想再干了,两个儿子都不是搞这一行的料,他就把那些不咋挣钱的生意关了张,只剩下干果行的生意,挣就挣点儿,不挣也不影响什么。

说起沙地尔,他也不容易,一场口蹄疫差一点让他赔得底朝天。这家伙那股子不服输的劲头,还真有点像自己,哪里摔倒了哪里爬起来。沙地尔又跑到信用社贷款,生生把羊群发展到了一万多只,比自己的羊群都大了。沙地尔见到他老是说:胡西拜尔老爹,现在我的羊群比你的大了,再过几年,我的钱也会比你多的。

胡西拜尔老汉总是笑着说:好呀,沙地尔你好好干,我相信你有这个能力。

胡西拜尔老汉的大儿子在城里开了一家餐厅,规模还真不小,能容一百多人同时用餐,在城里也是数一数二的了。大儿子买了车买了房,媳妇娶了,孩子也两个了。小儿子大学毕业,在城里浪荡了一年,去年也在城里开了一家美容美发院。可是他不挣钱,成天和城里的一帮小青年胡混,女朋友一大堆,可哪个也不是做媳妇的料。胡西拜尔老汉一看到小儿子打扮得妖魔鬼怪的样子,气就不打一处来,好好的黄头发多好看呀,可他偏不喜欢,把头发焗成了五颜六色,还剃成了鸡冠的模样。胡西拜尔老汉觉得这个小儿子,将来一定会成为他的大麻烦,大事干不了,小事儿看不上,可花起钱来却是一个顶俩,典型的好高骛远。

他常对小儿子说:心比天大的人,是不会拥有蓝天的。你见过飞翔在平原的鹰吗?因为鹰不会把抓家禽当作自己的本事,因为它们有高远的志向,它们把家安在崖壁上,高山峡谷才是鹰的家乡,高山峡谷才是鹰搏击的天地。

可是小儿子从不会听他的这些啰唆。小儿子回来说,美容美发院关了,他想到外地考察一下项目,找个能干的事儿。胡西拜尔老汉想,那个美容美发院早关早好,感觉进出那里的人都不是什么好人。到外地考察也是正事儿,如果能考察个能干的项目,也许小儿子就不用他操心了。他当然知道小儿子回来就是要钱的,不要钱他才不回来。他总觉得小儿子哪里不太对劲,人也好像比以前更瘦了,说话总是有气无力的,眼神还有一点恍惚。

胡西拜尔老汉搞不清楚小儿子怎么了,可是小儿子想干正事,他这个做父亲的还是要支持的。小儿子拿了钱就走了,看着小儿子的背影,胡西拜尔老汉深深叹了一口气,自言自语地说:愿真主保佑,这次到外地能考察一个好项目回来。

没几天,胡西拜尔老汉接到看守所电话,说小儿子聚众吸毒被拘留了。他这才恍然大悟,小儿子早已吸上了毒品,怪不得那天回来一副病怏怏的样子。

胡西拜尔老汉从看守所回来,想了很久,觉得是自己把小儿子害了,挣那么多钱干什么!如果他没有那么多的钱,小儿子就不会走到吸毒这一步。他越想越觉得是钱惹下的祸,越想越觉得是自己把小儿子送上了这条路。假如当初他不这么溺爱小儿子,要什么给什么,假如他没有钱,小儿子也不会把自己当作提款机,也就没有今天的后果。

那天,胡西拜尔老汉把沙地尔找来说:沙地尔,你不是一直想盖一栋这样的小楼吗?沙地尔不知他说这话是什么意思,没敢回答。他接着说:你看看,我这栋小楼值多少钱,卖给你。

沙地尔很便宜地买到了胡西拜尔老汉的那栋小楼,胡西拜尔老汉和老伴又搬回了砖木结构的老房子。第二天,他和老伴将存折里的钱和现金全部捐给了福利院。

从那以后,胡西拜尔老汉每天都赶着三五只羊去放牧。饿了,啃几口干馕;渴了,就捧起河坝里的水喝几口。村里人都说:

胡西拜尔老爹,好好的富日子不过,过苦日子图个啥。

天天啃干馕喝乌麻什(糊糊),才知道肉有多香。胡西拜尔老汉说:生活是一辈子要思考的问题。

艳　遇

牧羊人阿巴斯不仅长得比鬼还难看,还有一肚子非常稀奇古怪的想法。他想要把胡杨和柳树嫁接,他说,胡杨生命力强,把柳树和杨树一嫁接,不就又是新的优良品种?村里人觉得阿巴斯这个想法还是很有创新精神的。可是,他又要让山羊和绵羊进行交配,这可把村里人气坏了,这不是胡扯吗!山羊就是山羊,山羊和绵羊交配会生出什么样的羊羔?

村里人都不愿搭理这个脑子有问题的家伙,好好的一句话到了他的嘴里,就变了味儿,听上去就让人觉得别扭。开春的时候,过奴鲁孜节(开耕节),赛马比赛上没人借给他马,阿巴斯肯定不能参赛了,可这家伙回家把自己的毛驴牵来了,也要参加赛马比赛。驴和马怎么比呀?可是他说,怎么不能比?他们跑他们的,我和毛驴跑我们的,他们跑一圈,我和毛驴跑半圈。

赛马比赛开始了,阿巴斯骑着毛驴也出发了。大家都不看赛马了,注意力都集中到阿巴斯和他的小毛驴身上,小毛驴像鸭子一样扭着屁股,向前奔跑着。阿巴斯两条腿耷拉在小毛驴肚子下,不停地用脚后跟敲击着小毛驴的肚子,手里还高高举着一个鞭子,在空中不停地晃动着,嘴里也不停地催促着小毛驴。比赛

结束了,阿巴斯没有赢得比赛,这也是预料之中的事情,反倒留下笑柄,成了村里人茶余饭后的笑料。村里有人说:这真是驴和牛顶架,豁出这张驴脸了。

奴鲁孜节过完,阿巴斯骑着小毛驴,赶着羊群就去胡杨林放牧去了。没事儿的时候,阿巴斯把蛋泡子(性器官)掏出来,放在太阳下晒。晒着晒着,他就想起和女人的那点事儿,想着想着,他就觉得自己这辈子活得挺没意思的,长这么大连女人都没碰过,你说这男人活得还有什么意思,哪有光干活不吃料的毛驴。可自己就是个光挣钱、没地方花的男人,钱到了这个时候,就没什么用了。看看自己不少胳膊不少腿,就是长得丑点儿,可这也怨不得他呀,这是爹娘给的,想改也没法子,只能这样了。四十多岁了,还是一人吃饱全家不饿。他想,毛驴才想过这样的日子呢,谁不想娶个老婆,生他一大堆孩子?奶奶的,天天给孩子们炸油饼子吃,把那些穷鬼们的孩子都馋死,再让他们嫌我长得丑!可是他一睁眼睛,眼前只有长得乱七八糟的胡杨。哎!他不由自主地叹口气,用手摸摸自己口袋里的存折,心想,他奶奶的,有那么多的钱,就找不上个老婆,你说奇不奇怪?

胡杨树影子下挺凉快,瞌睡虫不知什么时候爬了上来,他看都没看羊群,就地睡上了。等他醒来时,晌午已经过了,肚子也咕噜咕噜地叫。阿巴斯解下腰带,从里面翻出一块馕,又从腰间解下羊皮水袋,边喝着水边啃着干馕。吃饱了,站起来伸了个懒腰,他要去看看羊群,万一跑丢几只羊,这一年就算白干了。可他又一想,挣那么多的钱干什么呢?连个花他钱的女人都没有,真是白活了。他现在就想,如果哪个女人愿意和自己睡上一觉,他情愿把折子上的钱都给她,最起码也让自己尝过了女人是个啥味道。他还想,如果在这胡杨林里来一场艳遇,那该有多好啊。想着,他禁不住四处扫视了一圈,要是现在突然出现个女人有多好。

哎!胡杨林里怎么会有女人呢?就是现在有女人出现,说不准也是胡杨树怪或者狐狸精。阿巴斯看到羊群没什么,又找了一块阴凉处,斜卧在沙包上。看着白云在蓝天下漫步,他感觉心里敞亮多了。他迷迷糊糊又睡着了,睡着睡着,他的眼前出现了一座庄园,从庄园里传出女人嘻嘻哈哈的笑声。他赶紧爬了起来,猫着腰,蹑手蹑脚地走过去,爬到墙头上往里一看,我的个天嘞!那不是司迪克的女儿齐曼古丽吗?她怎么会在这里呢?

阿巴斯大哥,你趴在墙上干吗呢?阿巴斯正趴在墙头上傻看着,忘了自己是趴在人家的墙头上,被一抬头的齐曼古丽看到了。

哦,我听到有人笑就过来看看。阿巴斯尴尬地说。

进来吧,阿巴斯大哥。齐曼古丽说:我爸爸赶巴扎去了,你不用怕。

说起来已经是很多年前的事情了,那时,齐曼古丽还没有结婚,每次看到他都会羞涩地笑。这是平时根本没有的事儿,其他女人一见到他,就把脸转向一边,就好像她们见了鬼似的。只有齐曼古丽老是对自己笑,这让他很多个夜晚无法入眠。他想,一定是齐曼古丽看上自己了,就托了媒人去说媒,没承想,他买的求婚礼物,全被齐曼古丽的父亲司迪克从屋子里给甩出来了。他还挨了媒人一顿臭骂,说他是癞蛤蟆想吃天鹅肉,也不撒泡尿照照自己长的啥样,想娶人家齐曼古丽,你真是昏了头了,我一再问你是齐曼古丽对你有意思吗,你把头点得像给你爹磕头一样。这回好吧?我也跟着你看司迪克那张驴脸。

阿巴斯一直觉得,齐曼古丽是对自己有意思的,要不是她的父亲司迪克,他早和齐曼古丽生了一大群孩子了。这一晃二十多年过去了,齐曼古丽没和自己结婚,却和别的男人有了三个孩子。

要说这辈子最后悔的事,也是他最有希望的事儿,就是这件了。

齐曼古丽还是当年的模样,笑容里还是带着羞涩。他走进庄园,齐曼古丽主动伸出了手,拉着他的手说:当年都怨我爸爸,不然我们早就成了一家子了。

当阿巴斯睁开眼睛,他看到小毛驴正睁着一双很大的眼睛看着他,还用鼻子拱他的脸。他一巴掌打在小毛驴脸上,带着哭腔大声骂着:我这辈子这点儿好事,全都让你和她爸爸司迪克给搅了。

丝路驼铃

一听到驼铃,小普拉提就知道爸爸回来了。爸爸是个骆驼客,常年在外面给别人驮货物挣钱,风餐露宿是经常的事儿。小普拉提不知道爸爸有多辛苦,他只想着爸爸回来会给他带好吃的。每次爸爸带回来的那些吃的他都没有见过,还特别好吃,比馕香多了。村里的孩子都非常羡慕他。每次爸爸带回好吃的,他也会和小朋友们一块儿分享。

爸爸带着驼队走了之后,小普拉提每天都会爬到屋顶上,侧着耳朵听一会儿,没有听到驼铃声,他会很失望地爬下来,找小朋友们一起玩。他问妈妈:爸爸走多长时间了?妈妈说:走了一个多月了,快回来了。小普拉提觉得爸爸走的时间太长了,他都快想不起来爸爸走时的模样了。一个月是多长时间呢?小普拉提对一个月没有概念。但他相信妈妈的话,爸爸快回来了。他隔一会儿又爬到屋顶上侧耳听一听,可每次都很失望地爬下屋顶。和小朋友们玩着,忽然想起了爸爸,又赶紧爬到屋顶上,这一次他听到了驼铃声,他赶紧从屋顶上下来,告诉妈妈一声就跑到村外迎爸爸去了。

小普拉提老远就看到爸爸的驼队了,他飞快地向爸爸跑去。爸爸看到他也紧跑几步抱起他说:儿子,想爸爸没有呀?

小普拉提说:想了,我经常在梦里看到爸爸,梦到爸爸给我带回来好多好多好吃的。

爸爸说:这次爸爸没有给你带好吃的,却给你带回来了纸和笔。

小普拉提问:纸和笔是干啥用的?

爸爸说:纸和笔是写字用的。儿子,你现在该学文化学写字了,不能像爸爸一样没文化。

学文化干啥?小普拉提说,我长大了也要像爸爸一样,做个很棒的骆驼客。

不,孩子。爸爸望着单纯可爱的儿子说,爸爸因为没有文化,才去当骆驼客,孩子,你知道赶一趟骆驼有多辛苦有多危险吗?

儿子摇着不谙世事的脑袋说:不知道。

爸爸拍了拍儿子的小脑袋说:儿子啊,你知道吗?赶骆驼的不仅要承受漫漫长途的孤独寂寞,还要忍受风沙的吹打,更可怕的是还有马匪,他们抢了货物,有时还会杀人。爸爸眼睛望着远方,好像赶骆驼艰苦难忘的经历又浮现在他的眼前。爸爸回过头看着小普拉提说:儿子啊,你长大了,不要再干爸爸这一行了,爸爸赶了一辈子骆驼,也没过上好日子。你要做个有文化的人,做个受人尊敬的伊玛目(伊斯兰教教职人员)。

爸爸的话让小普拉提非常糊涂。在小普拉提的心里,爸爸和那些骆驼客让他非常羡慕。每次出发,看到爸爸和那些骆驼客叔叔们精神饱满的样子,他的心里就有无限的渴望,渴望自己快点长大,长大了就可以做骆驼客走南闯北了,还可以为家里、为妈妈挣钱了。叮当的驼铃,每次都像牵着小普拉提的心,他会一直送爸爸和骆驼客叔叔们走出很远。爸爸说:回去吧,普拉提,你是个勇敢的小男子汉,要照顾好妈妈和弟弟妹妹,爸爸回来会给你带很多好吃的。

　　爸爸带着驼队走了,他站在大道上,直到爸爸和骆驼队消失在他的视线里,叮叮当当的驼铃声也消失在耳畔,他才会欢快地一路跑回家。小普拉提一直觉得妈妈是家里最辛苦的一个人,整天忙完这里又忙那里。爸爸常年在外跑驼帮,家里的事情全靠妈妈一个人支撑着。即便爸爸回来了,妈妈也舍不得让他干家里的事儿。妈妈常对爸爸说:回来就好好歇着吧,说不准什么时候,跑驼帮的人就来找了,收拾收拾又得走了。爸爸的驼队信誉很好,要走货的人都喜欢来找爸爸,爸爸这些年认识了不少路上抢劫的马匪,每次他都会事先塞点小钱,马匪就不会抢爸爸驼队的货物了。安全是跑驼帮要考虑的头等问题,谁也不想货物被抢,做个赔本生意。找爸爸走货的人也是出于安全考虑,只要安全,多花点儿钱谁也不会在乎。

　　小普拉提渐渐长大,已长成十五六岁的大小伙子了。他对爸爸说:爸爸,我不想在经文学校学习了,长大了也不想当伊玛目。

　　可我已经给清真寺的玉素朴大毛拉说好了,再学两三年经文就可以主持清真寺的工作了。爸爸沉着脸说,难道你想做骆驼客?那些人都是些粗人,也是最辛苦的人,常年在外面风餐露宿,而且太危险了,万一哪个马匪不高兴不给面子,抢了货物不说,说不准自己的小命也保不住,说白了,这是刀口上舔血的活儿。

普拉提说：我要做一个最棒的骆驼客，爸爸，只要你带我走两趟货，你就可以休息了。

但愿吧，我倒真是想好好歇一歇，在家陪陪你妈妈了，这辈子亏欠她太多了。爸爸说。

爸爸不再带驼队了，把驼队的事儿都交给了儿子普拉提。普拉提二十岁那年，爸爸和妈妈想给普拉提娶个媳妇，可是没多久，普拉提带回来了一个漂亮的姑娘，他告诉爸爸妈妈，这是在路上遇见的一位落难的姑娘，他想娶这个落难的姑娘做媳妇。

没多久，就传出普拉提娶的那个姑娘是西北大漠丝绸路上最大的马匪吾斯曼江的女儿。找普拉提走货物的人更多了。他的驼队也由一支发展到了五支，其他马匪只要看到普拉提插在驼队上的蓝色旗子，就没人敢招惹。

那时，丝绸路很繁盛，往来的驼队一队接一队，驼铃就像大漠钟摆，声声敲击着大漠时空。

第二辑

巴音布鲁克草原

三鞭子

　　清晨的巴音布鲁克草原就像仙境一般,人走在缥缥缈缈的雾里,如梦如幻,你几乎搞不清楚是在天上还是在人间。白茫茫的雾,随着缓缓的晨风贴着地面,慢悠悠地行走在草原上。一眼望不穿的雾,就像一朵朵飘荡的白云,好像把天和地都连在了一起。湿漉漉的草原就像水洗了一样,绿色的草显得青翠而又晶莹,五颜六色的小花儿,显得更是娇艳妩媚。此刻的草原就像一块美丽的花毡一般,清新而又美丽,还透着那么一股天真活泼的气息。

　　巴根把雪花(坐骑的名字)的鞍子备好了,才打开马圈的门儿,一声悠长的口哨,马群便争先恐后地蹿出了圈。直到最后一匹马也蹿出了圈门,他才骑上雪花跟在马群的后面。撒着欢儿的马群在云雾里一阵狂奔,在一条小河前才停下来。喝足了水,马群才安静地吃起了草。

　　在巴音布鲁克草原上,巴根不是最棒的牧马人,可是他有一手绝活,是别人都没法儿和他比的,那就是驯马的技术。其实他也没有什么过人的本事,可他的三鞭子下去,马的背上就会出现一道道血痕,再烈的马也得浑身直哆嗦。所以,他也就有了"三鞭子"的绰号。说真的,大家都知道巴根的三鞭子厉害,可没人亲眼见过他让烈马都哆嗦的三鞭子。

　　云雾慢慢地飘散开了,可太阳还是躲在白云的后面,从云朵间隙射下一道道金光,把草原映照得阴暗分明。巴根抬起手腕看

了一下手表，调转雪花的马头往回走。一个外地的骑马俱乐部，今天要过来挑几匹好马。看时间，他该去接人家了。他本来不想卖马，这么好的马卖给骑马俱乐部，实在太可惜了，要是在战争年代，这些马都是冲锋陷阵的好战马。可是现在连骑兵都没有了，就连拉车干活儿的都少用了。再说了，不卖哪来的钱呢！家里花钱的地方太多了，女儿要结婚，儿子在自治州里上高中，眼看着就要考大学了，卖几匹手头就宽裕了。

巴根赶到巴音布鲁克镇的时候，镇长和骑马俱乐部的人都在等着他。镇长说：你怎么才来呀，人家都等你一个多小时了。

巴根笑了笑说：那就走吧，瞧好了，一手交钱一手提马。

镇长说：人家是几千万的大老板，不会差你的钱。

那当然，我们带的是卡，挑选好了，立马给你打款。骑马俱乐部的人说，不过，你要帮忙把马装上飞机，不然我们两个可没这个本事。听说你的绰号叫"三鞭子"？想必不是徒有虚名。

那是年轻时候的事儿了，现在可没这本事了。巴根说，哎，好汉不提当年勇。

其实，巴根并非谦虚，现在老了，没有那个精神头儿了，别说三鞭子，就是像年轻的时候来一鞭子，也做不到了。以前，他年轻气盛，没有不敢干的事儿，什么事儿都想拔个尖儿，还输不起，一输就脸红脖子粗的。年轻的时候，巴根确实干过三鞭子就让烈马打哆嗦的事儿。那时，他觉得自己很有面子，在别人眼里就像大英雄一样。可是后来，他好像明白了一个道理，不管对牲口还是对人，都不能做得太过分了，什么事儿一过了头，就不是什么好事儿。那年，有人养了一匹烈马，请了不少人都驯服不了，人家就听说，有个绰号叫"三鞭子"的，再烈的马三鞭子就解决问题了。别人没请，他自己就去了，他的三鞭子确实很见效，三鞭子抽完马背就是三道血痕,那匹烈马虽然没哆嗦,却也老老实实的,可他却看到那匹烈马眼里的泪水和仇恨。别人都夸他,他却感觉到后背一股寒气袭来。从那以后,巴根再也没有使过这种绝技,也不想再使了。

骑马俱乐部的人把车放在镇上,也换乘两匹马跟着巴根向草原进发。巴根一路很少说话,其实,他也不知道说什么,反正别人问一句,他就回答一句,不问,就默默地走着。骑马俱乐部的人对巴根说,有您这样绝招的驯马师,在我们俱乐部一个月最少可以拿到上万元钱。还问他,有没有打算到俱乐部试一试,一个月保证不少于一万元。

巴根笑着摇了摇头说:钱这玩意儿确实是好东西,有了钱想干什么都行。可我是草原人,过不了城市的生活。我也离不开草原,草原就是我的家。离开了草原,我就什么也没有了。

那两个骑马俱乐部的人也笑了,他们说:人要善于发现自己的优点,不能把自己的优点埋没了,那是极大的资源浪费。如果嫌少,还可以再商量。

一个月一万元,对我们牧民来说就是半年的工钱,不想,是假话,巴根仰起头想了想说,可是我在草原生活一辈子了,实在离不开呀,草原就是我的根。

巴根帮着两个骑马俱乐部的人,把四匹马运到机场装上飞机,他们确实见识了巴根对马的耐心,无论马怎不听话,他都耐心地把马一匹一匹装进箱子里,然后装上飞机。那两个骑马俱乐部的人问他:马这么不听话,你怎么不使出你的绝招儿三鞭子。

巴根望着这两个人说:三鞭子,只是一个传说。现在不会有,以后也不会有。

父 亲

巴根是听着父亲讲东归故事长大的,他知道巴音布鲁克草原对于土尔扈特人来说就是家。父亲乌力罕年轻的时候,就是巴音布鲁克草原最好的骑手,战胜过无数草原英雄,父亲乌力罕也是巴音布鲁克最好的搏克(摔跤)手,在巴音布鲁克那可是赫赫有名的人物。在巴音布鲁克有这样的说法,只要乌力罕来了,其他人就是来争夺第二的。这些话,深深地刻在巴根的心里,因此,他处处模仿着父亲,就连走路的姿势都模仿得惟妙惟肖。草原上的人都说:乌力罕,你的儿子越来越像你了,再过几年,这小子一定是我们巴音布鲁克最棒的搏克手。

是不是千里马,只有骑手才知道。父亲说:是雄鹰永远搏击在蓝天上,悬崖峭壁才是雄鹰的家。没有雄鹰一样高远的志向,是不会成为草原英雄的。

父亲乌力罕不是看不起他,而是对他寄予了太多的期望,他把浑身的技艺全都传给了巴根,他真希望一夜之间,巴根就能成为一名最出色的骑手和搏克手。父亲老了,已经不再上摔跤场了,只会坐在边上当一个看客。

往年,都是他和父亲一起去参加那达慕大会。今年,父亲没有来,巴根知道,父亲是想借此机会历练一下他,让他尽快成长为一个真正的土尔扈特人。父亲乌力罕对他说:是雄鹰,就要翱翔在蓝天之上,就要承受暴风雨的吹打,不能像山雀一样,寄于林间,忘却了辽阔的蓝天。

巴根和父亲以前一起参加巴音布鲁克那达慕大会时,都要走一天多的路程才到,在距离巴音布鲁克镇不远的地方,他们寻一片平整而又有水的地方,搭起一顶小帐篷,到镇上再买一些日用品,然后就等着那达慕大会开始了。这次,父亲给了他一些钱,让他在镇上住旅社,不再自己搭帐篷。

落日慢慢沉下草原,巴根走进巴音布鲁克小镇。后天就是那达慕大会了,小镇仅有的一条街上聚集了很多人,以往冷清的街道,今儿却是车水马龙。街上不仅有汽车,还有很多骑着马的年轻人,踢踏踢踏地从街上穿过。看得出这些都是来参加那达慕大会的,说不准在后天的赛场上就相遇了。

巴根在小镇转了一圈,仅有的几家旅社已经住满了。他知道要想参加那达慕大会,人和马不休息好是不行的。七八月的巴音布鲁克,晚上的气温已经很低了,白天还感觉不到冷,夜晚室内不生火都不行了。他走进一家饭馆,问老板有没有可以住的地方,老板告诉他,在小镇东面两公里的地方,有一个度假村,可能有住的地方,只是价格高一点。吃完饭,巴根骑上黑旋风(马名)就向东奔去。

两百块钱一夜,真的太贵,可是没办法,养精蓄锐才最重要。半夜,三四个来住宿的蒙古年轻人吵醒了他,其中还有一个女孩子。他们也是来投宿的,可是,没想到来这也没有空房,他们央求老板能帮忙腾出一个房间,哪怕是柴房,只要能将就一宿就行。老板无奈地摊开双手说:真的没有了,你们去别处看看吧。

老板,让他们挤到我的房间行吗?巴根觉得出来的都是兄弟。

老板犹豫了一下说:只要你愿意,他们也不反对的话,我没

意见。

几个年轻人非常感动,特别是那个女孩子,忽闪着大眼睛对巴根说:我叫宝音高娃,今天不是你,我们几个就得住露天旅社挨冷受冻了,真是非常感谢你。

巴根第一次和女孩子如此近距离说话,一下不好意思起来,红着脸说:都是出门在外的人,不要这么客气,如果是我碰到这样的困难,你们也会帮助我的。

那可不一定,这几个小子坏着呢。宝音高娃诡秘地一笑,问巴根,你叫什么?

哦,我叫巴根,我是乌力罕的儿子。

哦?是巴音布鲁克第一搏克手乌力罕吗?宝音高娃惊讶地喊道。

是,他是我父亲!巴根有点自豪地说。

乌力罕在我们心里就是天下第一英雄!另外几个蒙古年轻人说,真是太荣幸了,在这里碰到乌力罕的儿子,我们交个朋友吧。说着,他们伸出了右手。

认识你们我很高兴。巴根也伸出右手和每一个人握过。

这一夜,巴根彻底失眠了,他想了很多事,有他对未来的憧憬,他希望能像父亲一样留名在世。还有让他脸红心跳的未来,想到这,他禁不住偷偷地望了一眼睡在床上的宝音高娃,感觉脸如发烧了一般。巴根辗转反侧,为了使自己平静,他爬起来生火,这么冷的天,四个小伙子各自靠在角落里,为了大家都不要感冒,巴根把火炉子烧得很旺。巴根不由得又想到了那达慕大会,来了不想拿个好成绩那是假话,可是,来参加那达慕大会的人,哪一个也不是吃素的。就说去年在摔跤赛场上,他本以为可以拿个前三名的,可是,临近比赛时,他突然感冒了,眼看着别人摘得桂冠。

后来,父亲说:胡(儿子),就是你不感冒,也拿不到前三名。

他不明白父亲话里的意思,可是也没有追问。因为他知道父亲会对他说的。在回来的路上,父亲说:胡,不要为了一次赛场上的输赢,或喜或悲,人生会有许许多多这样的打击。父亲回头望了一眼巴根,拍着他的肩膀说:我知道你对昨天的输难以释怀,年轻人要输得起,才能赢得更漂亮,爸爸年轻的时候也输过,也像你现在一样垂头丧气,总觉得自己的运气不好。我的胡,我们不怕输,就怕一次就输了一辈子。你现在还年轻,长大了,你就明白了。

在炉火的映衬下,巴根眼前仿佛又看见了父亲的背影,还是像一座山峰一样高耸。

驯 马

清早,太阳刚冒头,巴根就起来了。他蹑手蹑脚地把马鞍拿出了房间,生怕吵醒了还未醒来的宝音高娃他们。巴根牵着黑旋风走出了度假村。这是巴根每天的习惯,每天一起来就先要遛遛马。父亲乌力罕讲了很多关于土尔扈特人和巴音布鲁克的故事。这是一个英雄辈出的地方,只有你读懂了巴音布鲁克大草原,你才会成为真正的草原雄鹰。

牵着黑旋风走了好长一段,巴根才翻身上了马背。巴根十三岁的那年,父亲就挑了这匹浑身没有一根杂毛的黑马送给了他。父亲说:巴根,以后这匹马就是你的了。不过,它现在和你一样还是个孩子,还没接受过训练,你要想骑它,就得先学会驯马,让它

成为一匹驰骋在巴音布鲁克草原上最好的马。父亲抚摸着小马驹的头,接着对巴根说:儿子,这是一匹非常好的马,我相信,以后你所有的荣誉和骄傲,都和这匹马有关。你就给它起个名字吧。

巴根激动地接过父亲手里的缰绳,他刚想伸手摸摸小马驹光亮的皮毛,小马驹就尥起了后蹄子,似乎认生,就是不让他靠前,还用前蹄使劲儿地刨,嘴里发出呵呵的叫声。父亲哈哈笑起来,说:巴根,你要征服它,它就会乖乖地听你的了。

小马驹头上带着笼头,嘴里咬着嚼子,似乎很不习惯,显得焦躁不安。巴根盯着小马驹打量了好半天,说:爸爸,我看这匹马看上去像一道黑色闪电,就叫它闪电吧?

父亲摇了摇头。

巴根想了想说:爸爸,那就叫它黑旋风。

就这样,黑旋风陪着巴根一起成长了三四年。说真的,黑旋风真没少让他吃苦头,刚开始,黑旋风还带有野性,马鞍根本放不到它的背上,他和父亲围着它周旋了很久,才硬把马鞍放置上去。刚把肚带扣好,它就像发了疯一样前撅后踢,硬是挣脱了他手里的缰绳跑了。父亲说:让它跑去吧,等把自己累个死去活来,自然会消停下来。

半年过去了,巴根始终没有骑到黑旋风的背上,巴根急了,想做草原上的英雄,自己连一匹马都无法驯服,还谈什么英雄!父亲告诉他:马这东西就是这样,你驯服不了它,它就会欺负你一辈子。我们土尔扈特人是马背上的民族,再烈的马,我们都要驯服它,这是我们每个土尔扈特人的个性。父亲的话一直回响在巴根的耳畔,巴根暗暗下决心,一个月之内,一定要驯服黑旋风,不然他还什么脸面想那些英雄的事。

巴根走出蒙古包,面对眼前一望无际的草原,深深吸了一口气,牵出黑旋风走向草原。他知道,黑旋风不会轻易让他把马鞍放到它的背上,他索性丢下马鞍,今天就算把自己摔个半死,也要和黑旋风较较劲。

走到一个小坡旁,巴根突然抓住黑旋风的马鬃,身体像轻盈的羽毛,翻身上了黑旋风的背,黑旋风突感不适,四蹄狂奔起来,巴根紧紧抓住马鬃,俯下上身紧贴在黑旋风的背上,任黑旋风左冲右撞,狂奔不止。风声在耳边呼呼掠过,不知过了多久,黑旋风速度好像渐渐慢了下来,也不像前面那样暴躁了,他听到了黑旋风粗重的喘息声。这远远不够,黑旋风的速度再次减慢,巴根感觉到黑旋风出了很多汗。他知道,还不是心疼它的时候。他高高举起马鞭子,狠狠地抽了一下黑旋风的屁股,速度再次提升起来,如此三番两次,黑旋风终于跑不动了,巴根才调转马头向回跑,他不时地举起马鞭,抽打着速度越来越慢的黑旋风。

他和黑旋风不知跑出多远,临近中午,他们才远远地看见大蒙古包。巴根就任由黑旋风慢慢地自由行走,他刚想把腰挺直,一股钻心的疼从屁股传来。原来,没有马鞍子,他的屁股早就被磨烂了。他跳下马背,一瘸一拐地走回到家。父亲一看巴根走路的样子,就知道他的屁股一定是鲜红一片了。父亲伸手想帮巴根接过马的缰绳,巴根却说:我自己能行。

嗯! 这才是我乌力罕的儿子。父亲赞赏地说。

从那以后,黑旋风终于服服帖帖地听从巴根使唤了。前几年,他和黑旋风虽然参加过赛马比赛,成绩却一直不理想。父亲说:不着急,你们还年轻,再过两年,你和黑旋风都成熟了,成绩不会孬的。父亲这次没有来参加那达慕大会,相信就是想考验他,希望他能更好地发挥。

巴根骑着黑旋风在巴音布鲁克大草原上自由驰骋,太阳已慢慢升起。来参加那达慕大会的人和马,从四面八方涌来。巴根这会儿骑着黑旋风慢悠悠地走向度假村。三四个骑马的年轻人迎面而来,快到了近前才看清楚,是宝音高娃他们。

宝音高娃老远就挥着手对巴根说:巴根大哥,你起得真早啊,我们起来到处找你呢,听老板说,你出去遛马了,我们就也来了。

嘘——巴根兄弟,你这匹马可是一匹好马呀。呼日勒一声口哨后说。

你们的马也都不错。巴根看着宝音高娃他们胯下的马也称赞道。

呼日勒哈哈一笑,拿起鞭子左右抽了如那苏图和吉日嘎朗的马,三匹马向前飞奔起来。宝音高娃说:这三个人永远都长不大,走到哪儿都是这样,太喜欢疯了。

今年那达慕大会,你都参加了什么项目?宝音高娃问。

赛马和摔跤。巴根说。

宝音高娃望着他笑了笑说:看来已经有目标了。

嗯,我会努力的,当然这需要实力。巴根也笑了一下。

我相信你。宝音高娃带着真诚的眼神。

巴根脸又热了起来。他两腿一用力,黑旋风也蹿了出去。

草原爱情

吃过早饭,巴根和宝音高娃他们一同走向巴音布鲁克镇。他们想去看看明天的赛场。

原本很安静的巴音布鲁克小镇,因为每年一度的那达慕大会,一下子热闹起来。街边摆起了做生意的摊子,随处都能听到播放着的流行音乐。一拨一拨赶来的蒙古小伙们,骑着马呼呼啦啦地跑上街头。这些年轻人大多是来参加那达慕大会的。三三两两的姑娘们也不甘示弱,把马儿骑得如剑一般冲进巴音布鲁克的街道。姑娘们骑的马,虽然性情温顺,但也是识主儿的,陌生人若想动它,它也会立马变得刚烈起来,所以没有骑过马的城里人是不敢轻易触碰的。

那达慕主会场已经搭好了,赛马比赛就在主会场。主会场距离巴音布鲁克小镇不远,马儿都不用放开四蹄跑就到了。巴根和宝音高娃他们在赛马场上试跑了一圈,感觉很不错。宝音高娃突然说:这么好的赛场,不如你们四个人提前赛一场,看看你们的马怎么样。

不错的主意。呼日勒首先响应说,你们别忘了,我的马可叫追风,风都能追上,我还怕你们?

你别吹牛了,什么追风追月的,我们比比看。如那苏图说。

巴根兄弟,来,我们就让他知道什么叫真实力,不然他老是夸他的追风天下第一。吉日嘎朗嘲弄地一笑,指着呼日勒的马说。

嗯!你们的马都不错,都是我在巴音布鲁克草原见到的最好的马。巴根说,来吧,我们赛一下,就当让马熟悉一下赛场,不管明天成绩咋样,我们都会争取。

宝音高娃说:来,听我的口令,预备,开始。

呼日勒的追风一马当先,如那苏图和吉日嘎朗挥舞着马鞭紧追不舍。巴根没有像如那苏图和吉日嘎朗那样拼命追赶,而是任黑旋风自由地奔跑。黑旋风好像很懂巴根的心思,无须他抽打一鞭,就撒开四蹄,把身体几乎拉成一个"一"字,真像一道黑色的

旋风,慢慢地接近了狂奔在前面的呼日勒和如那苏图、吉日嘎朗。呼日勒的追风跑得的确快,可是耐力不够,一会儿工夫,黑旋风和它已是并驾齐驱了。巴根对着呼日勒大声说:兄弟,我的黑旋风可追上来了。

呼日勒侧过头来,说:巴根兄弟,你的黑旋风真是太棒了。

如那苏图和吉日嘎朗也立即附和,说:巴根兄弟,你这真是一匹好马,以后一定会给你争到很多荣誉的。

回到巴音布鲁克镇已是中午了。吃过午饭,宝音高娃想去逛逛街,买一点女孩子的小头饰,想让呼日勒、如那苏图、吉日嘎朗几个陪着一起去,呼日勒却说:和女孩子逛街太头疼了,看什么都好奇,最后就买个头花完事儿了,没劲!我宁可回旅社睡大觉,也不去受那个罪。

宝音高娃一听,沮丧地低头踢着路边的小石子。

正好,我想给额吉(妈妈)买一件衣裳。来一趟镇上也不容易,回去不给额吉买点什么,心里总是不太舒服。刚好,宝音高娃你可以帮我挑挑。巴根说。

每年那达慕大会,巴音布鲁克镇都会很热闹,很多商家老早就瞅准了这时的商机,开着大车小车,把城里的商品都拉到镇上,在空地上和街道两边摆上货摊。平时,巴根和宝音高娃他们都很少来镇上,家总是随着牧群搬迁,不是购买日用品,也不会来镇上。再说,平日里,巴音布鲁克镇上的商铺很少,也很少进新鲜货,只有那达慕大会时,才能见到城里时髦的新鲜东西。

巴根和宝音高娃把马拴到一家旅社里,就来到街上。一条很漂亮的纱巾吸引了巴根,巴根用手摸了摸,感觉很柔软。老板凑近巴根说:小伙子,你真有眼光,这是真丝的,给你女朋友买上一条吧。看你的女朋友这么漂亮,围上一定很美。这样,我不赚钱了,保本给你。

巴根的脸唰的一下就红到了脖子根,他偷瞟了一眼身旁的宝音高娃,没想到宝音高娃正含笑看着他。

我看你们是多好的一对呀,不在一起都可惜了。老板说,买着吧,准备着。

宝音高娃看着巴根涨红的脸,憋不住地笑出了声,头一仰,大方地接过那条纱巾,往脖子上一搭,眨巴着水汪汪的大眼睛问巴根:漂亮吗?

漂亮的纱巾映衬着宝音高娃粉红的脸颊,如草原盛开的花儿,娇嫩、洁净。

巴根傻笑着说:漂亮。

漂亮你还不付钱。说完,宝音高娃扭身跑了。

傻小子,人家姑娘看上你了,还不去追。老板打趣地说。

当巴根追上宝音高娃时,宝音高娃正拿着一条马鞭试手,她递给巴根说:这鞭子好不好? 我不会挑,你看看哪一根用着顺手。

巴根并不明白宝音高娃的用意,就帮着挑了半天,说:就这根了。

好,它就属于你了。宝音高娃说。

巴根的脸又红了,说:我怎么能要你的东西呢?

宝音高娃用手撩起飘在胸前的纱巾说:那这条纱巾是不是也要还你呀?

回到度假村,度假村的大门外已经堆起了一堆柴火,一打听才知道,原来晚上要搞一个篝火晚会。宝音高娃高兴地说:真是太好了,晚上就可以跳舞、唱歌了。

巴根和宝音高娃合唱了一首《敖包相会》,感动了全场,特别是宝音高娃的长调,让人回味无穷。大家都想让他们再来一首时,已经找不到他们人了。

那时,巴根和宝音高娃依偎在距离度假村不远的一个草坡上。

赛 马

那达慕大会主会场上彩旗飘飘,广播喇叭一直播放着音乐。开幕式一结束,各项赛事就陆续开始了。巴根和宝音高娃、呼日勒、如那苏图、吉日嘎朗也都早早来到了主会场。临战前的紧张,一直让巴根有一种透不过气的感觉,他做了几次深呼吸,还是感觉紧张得要命,口干舌燥的。他调转马头走出了主会场,说来也奇怪,一走出主会场,那种紧张的感觉立刻就没了。他长出了一口气,回头时,看到宝音高娃也出来了。

宝音高娃说:开幕式马上就开始了,你怎么出来了?

巴根怕宝音高娃笑话,没有说自己真正的原因。他说:我不想参加开幕式,年年都那样没什么意思,反正名都报了,一会儿比赛的时候再进去。那达慕主会场外面有很多卖小商品的货摊,还有不少来旅游看热闹的人。巴根和宝音高娃骑着马穿过人群,向一个大缓坡走去。

巴音布鲁克草原七八月份是旅游旺季,也是草原风光最迷人的季节。很多草原人牵出自家的马匹,提供给游客们骑,骑一次二三十分钟收三五十元,收入也蛮可观,也算是草原人一项额外的收入吧。当然,这需要马性情温顺,轻易不会受惊,否则马一旦狂奔起来后果不堪设想。客人若掉下马来,恐怕挣的那点钱还不够赔医药费的。可有的游客嫌那些马不够过瘾,总想弄一匹烈性马骑骑,感受那种风驰电掣的感觉。当巴根和宝音高娃骑马走过来时,就有游客跑过来说:小伙子,你这匹马真是一匹好马,能让我们骑骑吗?一次一百元。

你们驾驭不了它,巴根拍了拍黑旋风的脖子说,除了我,它是不会让人骑它的。再说了,你们不熟悉它,也许你们一个小动作就会让它误解,它一旦受惊,就不可收拾了。巴根又说:到那时候,摔伤了你们,我可赔不起。

宝音高娃侧耳倾听了一会儿,说:好像开幕式要结束了,我们回去吧。

巴根和宝音高娃回来时,呼日勒正在找他们,一见到他们就说:你们跑哪儿去了?赛马比赛马上就开始了。今年赛马比赛增加难度了,不仅要跑得快还要拔小旗、越障碍,还得骑马射箭,这三项成绩加一块才是最后的总成绩。

呼日勒明显有点儿底气不足,嘴里嘟嘟囔囔着:这不是专和我作对吗!

巴根笑了笑说:不管咋改赛制,大家规则都是一样的,没什么不公平的。你有弱项,我也有,别人当然也会有。呼日勒老弟别没上场呢,就先输了底气。

宝音高娃问呼日勒:你哪一项弱一点?

骑马射箭。呼日勒说:都什么年代了,还搞什么骑马射箭呀,简直回到十八世纪算了。

如那苏图和吉日嘎朗说:说那么多有用吗?赛制又不是你制定的。走吧,比赛就要开始了。

拔小旗就是骑手骑在奔跑的马上,俯下身拔插在地上的小旗子。这需要很高的骑术才能做得到。越障碍，就是在比赛的路线上设置一些障碍物，马和骑手配合一跃而过，不能碰倒或挂掉障碍物，否则就要扣分。骑马射箭就是在奔跑的马背上，拉弓搭箭射一侧的靶牌，射中越多成绩越好。跑得快不一定最后成绩就好，加上这三项成绩，才会得出最后的成绩。其实，那达慕大会组委会也是考虑到现代社会对草原的入侵，很多年轻人不再把骑马当回事了，出门骑摩托车，有一些年轻人还买了汽车，草原人的本色在慢慢退化，土尔扈特人看家的本领也快丢光了，才设置了这些项目。

裁判桌前围了很多参加赛马比赛的选手，他们正在抽签。一组组的选手都准备好了，发令枪声一响，选手们如潮水般汹涌而出，眨眼之间，就有几位选手在拔小旗时落于马下了。巴根并未往前狂奔，他右手扳着鞍鞯，把身子侧向马的左边，尽可能距离地面近一点便于拔小旗子。十几面小旗子在手之后，发现自己已经被其他骑手甩下一段距离了，他坐正身体，脚跟使劲儿磕了一下黑旋风的肚子，黑旋风如一道黑色闪电冲了上去。

越障碍很顺利，没有碰掉一个障碍物。骑马射箭时，巴根从背后摘下弓，随手一支箭就搭在弦上。第一支、第二支箭脱靶了，巴根沉住气，眼睛紧盯靶子，手比之前更加平稳，从第三支箭开始，一支两支三支，连续五六支箭射中了靶子。也许是臂力的问题，再往后，他射出去的箭还没到靶子前就落下了。

赛马结束了，巴根也不知道自己的成绩到底如何，但是听到其他选手的交流，感觉自己的成绩不是很差。呼日勒一见到巴根就说：完了，今年算是彻底栽了，拔小旗子差一点栽下来，越障碍好像掉了好几个障碍物，射箭就射中一支箭，这不是陪着你们玩吗！

巴根说：大家的成绩都不是很好，有的都没完成全部的赛程。

宝音高娃跑到裁判处看了看，回来说：巴根，你很有可能进入前三。

巴根笑了笑说：成绩不是最主要的，我在想，是不是我们都忘本了。这些赛事项目都是我们土尔扈特人最起码的本事，而现在却成了我们难以逾越的坎儿，真的值得我们深思。

如那苏图和吉日嘎朗说：是呀，我们是该好好考虑一下了，是时代变了，还是我们自己变了？

是都变了。巴根说。

翱翔的雄鹰

一只雏鹰在悬崖峭壁上，那是它出生的窝儿。它展开翅膀准备翱翔蓝天，可是，几次跃跃欲试，都以失败告终了。老鹰站在岩石上非常焦急，一会儿跳到左边，一会儿跳到右边，雏鹰就是不敢一跃融入蓝天之中。老鹰再次演示着起飞和飞翔的要领，可是雏鹰依然不敢跃下悬崖峭壁展翅翱翔。当雏鹰再次展开翅膀时，老鹰毫不犹豫地把雏鹰推下悬崖峭壁，雏鹰拼命扇动着翅膀，终于翱翔在蓝天了。老鹰像是完成了一项使命，展开有力的翅膀飞走了。

在巴音布鲁克草原上，马是土尔扈特人的命根子，上至年逾古稀的老人，下到刚出生的婴儿，马是伴随他们一生的朋友。虽然现在的马显得越来越不重要了，汽车、摩托车已经把马逼向了

边缘。在巴音布鲁克也已经有不少的人买了摩托车,出门不再骑马了,嫌骑马又累又慢,摩托车两三个小时就到了的地方,骑马大概需要一天的时间。但在土尔扈特这个马背上民族的生活中,怎么能没有马呢?马是土尔扈特人的象征,是一个民族的生存之本。这是父亲乌力罕看到现在的情形经常说的话。巴根明白父亲的话外音,虽然并不非常赞同父亲的话,但是他知道,不管哪一个民族,没有了本民族的特色文化,这个民族也就失去了自我。

父亲乌力罕是个不愿多说话的人,他总喜欢一个人静静地想着自己的心事。巴根小的时候,总是喜欢蹲在父亲的身边,陪着父亲一起看着辽阔的巴音布鲁克草原,望着远山雪峰。父亲有时候用手抚摸着他的头说:胡(儿子),你看到了什么?

巴根哪里知道看到什么,他总是摇摇头说:看到了一望无际的草原、雪山和鹰。

对,我的胡,这就是我们土尔扈特人的家。父亲说,无论到了什么时候,都不要忘了草原、雪山才是我们的家园,这里是生你养你的地方。父亲指着盘旋在空中的鹰说:蓝天才是鹰搏击的长空,我们土尔扈特人是草原的骄子,你要成为翱翔草原上的雄鹰。

从七八岁开始,父亲就教巴根搏克(摔跤)的技巧了。搏克是蒙古族三大运动(摔跤、赛马、射箭)之首,作为蒙古民族的一支,土尔扈特人当然不会忘了老祖宗留下的运动。在巴音布鲁克不管是祭敖包,还是开那达慕,搏克都是绝对不可缺少的主项。父亲说:我们土尔扈特人不会搏克是会被人笑话的,胡,你长大了,一定要成为巴音布鲁克最棒的搏克手。

他们一家人随着牧场迁徙着,距离村镇挺远的,找不到一个和巴根年龄相当的孩子一起练搏克。父亲还用帆布为他做了一件小昭德格(紧身半袖坎肩),穿上了小昭德格的巴根,还真像那么一回事儿。可是没有对手怎么练？父亲乌力罕就充当儿子的靶子。虽然他连父亲一条腿都搬不动,可乌力罕能感受到巴根力量使得对不对,用哪个动作更能有效地摔倒对方。扑、拉、甩、绊等这些技巧,父亲一遍遍地演示,一遍遍讲解动作的要领。为了更好地训练巴根,父亲做了一个小沙袋,每天巴根都和那个沙袋较劲,可是还是无法运用这些搏克技巧。人是活的而沙袋是死的,没有面对面的实战是很难出成绩的。

言传身教,冬练三九夏练三伏,巴根的进步确实很大,可父亲乌力罕太知道实战运用的重要性了,再好的摔跤技术,没有一个好对手,也不会出什么好成绩的。摔沙袋只能练臂力和腰腹力量,在摔跤技术方面无法使人得到提高。年龄再大一些,巴根上学了。平日,他在巴音布鲁克镇上学,只有周末才回来,父亲就带着他到四周牧场上,找和他年龄差不多的孩子,练上一两天。有时,父亲和别人约好了,到了星期六接了巴根就去。其实,在草原上想找个和巴根年龄相当的对手实在不容易。

这样过了几年,巴根的个子长高了,也敢和父亲比画了。他知道父亲一直在让着他,不然他哪是父亲的对手。其实,父亲心里也有数,巴根有一点点进步,他都心知肚明。巴根确实成长得太快了,父亲原本陪他练的时候,只要一用力就化解了巴根的那些招数,现在越来越不敢小视这个毛头小子了,他的一招一式都是那么有力,那么有效,总是让他有些招架不住的感觉。直到有一天,父亲被巴根摔倒在地,他才知道自己真的老了,连自己的儿子都摔不过了。其实不是父亲乌力罕老了,而是巴根真的长大了,他成了真正的搏克手了。

每年参加那达慕大会,父亲都要带着他,看看赛场那些搏克手精彩的表演。父亲乌力罕一直是赛场上有名的重型坦克,有多少搏克手败在他的手下。一看到父亲脖子上的彩带,就知道这是一个久经沙场的老将了。这是父亲的荣誉也是父亲的骄傲。父亲的名字在搏克场上是非常响亮的,一看到乌力罕走上场,台上台下都会报以雷鸣般的掌声。

巴根非常羡慕父亲的荣誉,他总是幻想着,有一天自己也会像父亲那样,赢得大家的掌声。这次父亲没有来那达慕大会,他知道,这是一种挑战,挑战自己的心理,挑战这个他向往的赛场。没什么好说的,上了赛场一切靠的都是实力。

那达慕大会明天就开始了,巴根深深吸了一口气,明天他也要上场一搏了。此时,他的脑海里,有一只矫健的雄鹰在翱翔。

草原之夜

搏克赛场上,巴根的成绩也不理想,他的心情非常低落,任黑旋风胡乱地走着。宝音高娃和呼日勒也像蔫茄子一样跟着。宝音高娃忽然说:都怎么了,不就是一场比赛吗?男子汉赢得起也得输得起,干吗呀?都像霜打的茄子。我给大家唱一首歌儿吧。

宝音高娃说得对,不就是一场比赛吗?今年输了,明年我们再来。呼日勒说:我先唱一首《我有一只小毛驴》,我唱完了,宝音高娃再来。我有一只小毛驴我从来也不骑,有一天我心血来潮骑着去赶集,我手里拿着小皮鞭我心里正得意,不知怎么哗啦啦啦啦我摔了一身泥!呼日勒唱得很滑稽,边唱边比画着,动作甚至很夸张,惹得大家都笑了。如那苏图和吉日嘎朗说:哎,没想到,呼日勒还有这一手,天生就是个当演员的料子,不当演员真可惜了。

巴根望着宝音高娃说:我想听《鸿雁》,你会唱吗?

当然会唱。宝音高娃笑着说,我一定会让你大吃一惊的。

巴根并不知道宝音高娃的话外之意,只是点了点头说:哦!那我可要好好聆听了。

这是宝音高娃每次聚会时的保留曲目。呼日勒抢着说:那感觉真叫棒,听了就知道了。

宝音高娃清了清嗓子:鸿雁,天空上,对对排成行,江水长,秋草黄,草原上琴声忧伤。鸿雁,向南方,飞过芦苇荡,天苍茫,雁何往,心中是北方家乡。天苍茫,雁何往,心中是北方家乡。……鸿雁,向苍天天空有多遥远,酒喝干,再斟满,今夜不醉不还。酒喝干,再斟满,今夜不醉不还。……

宝音高娃一开口唱,巴根就惊奇地望着宝音高娃。他真不敢相信,宝音高娃怎么会忽然就变成了女中音,把一首《鸿雁》唱得如此深情,而且那么雄浑那么有力。宝音高娃边唱边望了一眼巴根,下巴向上抬了一下,好似在问:怎么样?巴根也向宝音高娃竖起了大拇指。

大家也跟着唱着,宝音高娃歌声一结束,巴根就率先鼓起掌来。好一个不醉不还,我们也要酒喝干,再斟满,今夜不醉不还。巴根说,从今开始,我们五个人就要做天上排成行的鸿雁,要成为巴音布鲁克大草原上最好的土尔扈特人,我们不能像嘎达梅林那样成就伟大的事业,可我们也要为巴音布鲁克的土尔扈特人争光。

好,我们现在就买酒去。呼日勒最喜欢热闹了,一听巴根说今夜不醉不还,就浑身来了精神,恨不得马上就美美地喝上几大

碗。呼日勒酒量很大,据说,他一个人就能喝两三斤,而且没有丝毫醉意,该干啥还干啥。可是其他人谁也没见识过,宝音高娃是见过的,她说:呼日勒,你别一见了酒就不要命了。

高兴的时候,怎么能没有酒呢?再说了,巴根大哥不是说了吗?今夜不醉不回。呼日勒说,我们土尔扈特男人没有酒就没有了快乐。

明天我们就回去了,你要是醉了,睡上三天三夜可没人管你。宝音高娃说。

巴根说:没关系,醉了,我送你回去,呼日勒兄弟。

夜幕降临,小旅馆院子里篝火点起来了。很多闻讯赶来的人也都聚在小旅馆院子里,大家唱着歌儿跳着舞。一碗碗的白酒下肚后,巴根拉起马头琴,唱起他从父亲那儿学来的蒙古民歌,宝音高娃也尽情跳着蒙古舞蹈。宝音高娃唱歌的时候,巴根就撂下马头琴,跳到场中为宝音高娃伴舞。两人一唱一和赢得了无数掌声,人们也看出来了这两个年轻人眉目之间流露出的情意。

呼日勒醉了,他喊着宝音高娃的名字,宝音高娃脸一下子红到了脖子根,虽然是夜里没人看见,宝音高娃还是跑出了小旅馆的院子。

巴根没有去追宝音高娃,而是把呼日勒抬进房里安顿好,他想去看看宝音高娃,呼日勒却一把揪住巴根的衣服说:巴根大哥,听我说,我心里很难受,我和宝音高娃从小一起长大,青梅竹马,可是,她现在看不上我了,嫌弃我喝酒,嫌弃我不干正事儿。呼日勒深吸了一口气,接着说:我真想和你决斗一场,可是决斗解决不了问题。宝音高娃的心已经飞了,她的心里早就没有我了,这我知道,她一直在等那个人出现,你就来了。我看到你和宝音高娃好了,我心里真的很高兴,我就再也不用想她了,宝音高娃就交给你了,巴根大哥。

说着,呼日勒就扯起了震天的呼噜声。巴根安顿好呼日勒,再看如那苏图和吉日嘎朗,也都熟睡了,他才出来找宝音高娃。

宝音高娃一个人走在巴音布鲁克小镇的街上,她觉得,说开了反而好,也就不必再浪费口舌了。巴根找到她的时候什么也没说。默默地向前走了一段,巴根才说:呼日勒是个好人。

宝音高娃说:嗯。

你讨厌他喝酒?巴根问。

这只能算作一个不爱的理由吧。宝音高娃想了想说,我好像一直都把他当作一个哥哥。

又默默向前走了一会儿,宝音高娃问:明天你送呼日勒回家吗?

他真的一醉就睡三天三夜?巴根问。

当然。宝音高娃说。

那我就送他。巴根说。

你去送,就会见到我的父母。你想好了怎么说吗?宝音高娃说,媒人你都没请,我的父母很保守,你就这么去了,他们会不高兴的。

我们不说不就行了吗。巴根说,等我请好了媒人,再捅破这层窗户纸。

只能这样了。宝音高娃说。

暴 风

巴根再次跃上暴风(马名)的背,父亲乌力吉握紧的掌心里都沁出汗了。暴风尥蹶子,竖前蹄,打圈圈,都没能把巴根撂下来,转而就像一支射出去的箭,嗖的一声蹿了出去,眨眼之间就出去几百米了,再一眨眼就变成了一个小黑点儿了。

这些日子,乌力吉和儿子巴根为了驯服这匹马没少费心思,巴根也没少挨摔。乌力吉自认为是巴音布鲁克草原最棒的骑手,年轻的时候,多少烈马臣服在自己的胯下了,而如今岁月不饶人了,这种驯马的活儿是万万干不得了,站在旁边给儿子巴根说说驯马的要领还是可以的。可是没想到,这匹叫暴风的小马就像英勇不屈的战士,不愿意规规矩矩地成为胯下的臣服者,只要人往它的身边一站,它的反应就非常狂躁,又是踢又是叫,前蹄不住地刨着地面,还常常把前蹄竖起来,令人不敢靠近它。你刚走近它一步,它就嘶鸣着,上嘴唇翘起,露出两排雪白的大牙,说不准什么时候,屁股一撅就是一通乱踢。

巴根可不想败在暴风的身上,那样他还怎么在巴音布鲁克草原上混了,传出去他可丢不起这个人。父亲乌力吉看到这样僵持着也不是事儿,就说:算了吧,驯不好就把它卖了,也少卖不了多少钱。巴根好像受到了极大的侮辱,瞪圆了眼睛说:我就不信连一匹马都驯不好,这还怎么在巴音布鲁克待下去,它就是一块崩掉牙的石头,我也要把它咬碎吞下去。

在草原上,什么人都可以丢,就是不能输在驯马上。驯马应该说是草原牧人最基本的本事,驯不服一匹马那可是抬不起头的事情,巴根怎么会听阿爸的话呢!父亲在巴根心里永远都像神一样,而今父亲怎么了?老了吗?还是有什么其他原因?他听过很多关于父亲的故事,在巴音布鲁克草原谁不知道乌力吉的名字,那可是草原英雄一样的名字,那都是让他非常仰慕的。今天他对父亲说的话很生气,他甚至感觉还不如痛痛快快骂他一句好受得多。

趁着暴风稍微安静那一会儿,他瞅准了机会,突然跃上马背,等暴风反应过来,巴根已经像胶一样粘在马背上了。暴风也不是等闲之辈,嗖的一声就蹿了出去,一路狂奔一路尥蹶子,时不时突然改变方向,或者突然竖起前蹄。这些招儿巴根早就领教过了,当然要时时防范着,如果再次被暴风撂下来,自己也觉得没有颜面了,虽然没有人看见,他还是要牢牢地坐在马背上,这是草原人的荣誉。前几次,他也很注意暴风这些套路,脑子里也想着父亲乌力吉说过的要领,可还是被暴风重重地摔在地上,头有一点晕不说,肩膀也肿疼了好几天。暴风显得很得意,在草原上又是撒欢儿又是狂奔,好像在炫耀自己的本事。巴根不好在父亲面前说什么,只能在心里暗下狠心,下次套住了可没那么便宜。马是很有灵性的动物,有了撂下主人的经验,它是会故伎重演的。巴根想套住它,也需要费很大的劲儿,一次比一次难。他使出了浑身的解数,花了两天才把暴风套住。

父亲的话更激起战胜暴风的欲望。他忍受着屁股的疼痛,双手死死地抓着马鬃,双腿紧紧地夹着暴风的肚子,脚跟几乎抠进暴风的肚子里,任凭暴风在草原上狂奔。一旦暴风的速度减慢下来,他还会抽空猛抽暴风屁股一鞭子,暴风再次狂奔起来。乌力吉站在原地,一会儿看着暴风狂奔而来,一会儿又看着它消失在远远的草原上。他自言自语说：这两个犟种真的又较上劲了。乌力吉对儿子巴根这股犟劲儿很是赞赏，在草原上，男人就是要有这样不服输的劲儿，不然怎么称得上成吉思汗的后人呢！

暴风是一匹刚满周岁的雪青马，性情非常狂野。从它出生那天，乌力吉就知道这是一匹好马，虽不敢说有日行千里夜行八百的脚力，那也是一匹百里挑一的好马。乌力吉曾对巴根说：胡（儿子），这匹小马驹子长大了一定是巴音布鲁克草原最棒的马，你看看它的四个蹄子不大不小，蹄腕又长又细，再看它身条匀称，前宽后圆，肚子小，背却不宽不窄，你用手量一量，是不是很合适放马鞍子？这要是古代的时候，它一定是上将军胯下的坐骑。我想给他起一个名字。乌力吉想了想说：就叫它暴风吧。

巴根没有问为什么，但他知道父亲的用意，就是想这匹马长大了，成为巴音布鲁克草原上的一股暴风，成为他们家族的荣耀。

可是驯了这么长时间不见一点成效，乌力吉有些着急了。他不是着急能不能驯出一匹好马，而是担心儿子巴根，万一摔个腿折胳膊断的，到那时后悔都来不及了。

可是儿子巴根理解错了，他把父亲乌力吉的话当作一种侮辱，一种从来没有的看不起。乌力吉本想解释的，可是他从儿子的眼神里看到一种很坚定的信念，那就是愤怒和战胜暴风的决心。乌力吉想了想，笑了，这不就是年轻时的自己吗。

巴根牵着暴风走过来时，腿是一拐一瘸的，暴风身上像水洗了一般，还不停地打着响鼻，已经没有了以往桀骜不驯的神态了，不紧不慢地跟在巴根的身后。巴根把缰绳递给父亲乌力吉，他龇牙咧嘴地坐在地上说：这家伙真是一匹好马，今年那达慕就要看看它的真本事了。

父亲乌力吉说：我相信，那达慕大会上，它就是一场暴风。

飞　翔

　　一只羽翼刚刚丰满的雏鹰,不知为什么在飞出峡谷的时候就已经受伤了。它的身体像一只断了线的风筝,一直偏向左边,可是它依然拼命扇动着翅膀,尽力保持翱翔的姿态,可免不了下沉。父亲乌力吉指着那只受伤的雏鹰对巴根说:你看见了吗?那只雏鹰好像飞得不太对劲儿,感觉像是受了伤,好像是左边的翅膀受伤了。

　　巴根蹲在父亲的身边,静静地看着碧绿的草原和慢慢移动的牧群。父亲乌力吉是个少言寡语的人,平时两个人蹲在那里也很少说话,看着牧群,看着草原和远远的雪山,躺在绿毡一样的草地上,看着瓦蓝的天空和羊群一样的白云。巴根从小就在父亲怀里长大,他还不会走路时,父亲就像揣一只小猫儿一样,把他揣在怀里,边放牧边带着他。母亲有时骑着马给他喂一口奶就走了,有时忙起来就忘了给他喂奶的事儿,父亲就会骑着马,把他送回蒙古包吃一口奶,然后又将他揣进怀里带走了。巴根会走路了,父亲更是把他一天到晚抱在怀里。巴根现在七八岁了,他还是喜欢和父亲一起放牧的感觉,在他的心里,不管男孩多大,最后都要和父亲一样奔驰在草原上。身为草原的男孩子,他最喜欢骑在马背上狂奔的感觉了,那才是草原人的生活。父亲经常说,我们是草原人,草原是我们的家园,牧群是我们的命根子,没有了草原就没了我们的家园。在巴根幼小的心灵里,这种思想早就扎下根

儿了。

父亲说话时,巴根并没有注意那只从山谷中飞出来的雏鹰,他顺着父亲指着的方向望去,才看到那只跟跟跄跄越飞越低的雏鹰。巴根从草地上站起来说:我去看看。

说着,巴根撒开了一双小腿,向山坡下跑去。父亲乌力吉也站起来跟在身后,边跑边喊:你别离它太近,它会啄瞎你的眼睛的。

巴根停下了脚步,仰着头说:它受伤了还有那么厉害吗?

当然,父亲乌力吉说,你别忘了,鹰是天空中凶猛的禽类,虽然它的翅膀受伤了,可它的嘴还是很厉害的,它是不会让你轻易接近它的。它会误认为你要伤害它,所以,它会攻击你。

那只受伤的雏鹰,实在坚持不住了,还是落在了草地上。巴根跑过来围着受伤的雏鹰转圈,也不敢轻易地靠近。父亲乌力吉也过来了,他蹲在地上看了一会儿,才对巴根说:胡(儿子),你知道它是怎么受伤的吗?

巴根也是个不爱说话的孩子,他摇了摇头,眼睛却盯着在草地上昂首挺胸走着的雏鹰。但是,对于巴根父子的到来,雏鹰明显感觉到了恐惧,它不停地走动着,还不时地扇动翅膀想要飞起来。父亲乌力吉说:雏鹰长大成熟该出窝时,因为胆怯和恐惧,不敢一跃而起飞出悬崖上的窝。这时老鹰就会把雏鹰推下悬崖,从那时开始,雏鹰就得自食其力养活自己,就得面对所有的困难与危险。父亲乌力吉回头望了一眼牧群说:人和鹰,其实是一样的,都有一种博大的胸怀,用自己最强大的控制力,拥抱着草原和山谷雪峰。

巴根好像没听懂父亲乌力吉的话,他觉得父亲说的话很深奥,思想还停留在老鹰推雏鹰跃下悬崖的思维中。他仰起头问:

这只雏鹰和我一样吗？我长大了，你也会把我撵出家门吗？

父亲乌力吉笑了，摸了摸巴根的头说：我不会撵你的，但是生活是要靠自己的。父亲乌力吉若有所思地说：胡，你要记住，这个世界上弱者是没有发言权的，只有强者的声音才会远播天下。你知道成吉思汗吗？那才是我们蒙古人民的骄傲和自豪。

阿达（爸爸），巴根说，我想把雏鹰带回家给它治伤，治好了，再放回蓝天。

父亲乌力吉说：可以，但你怎么才能抓住它呢？

巴根几次想趁受伤的雏鹰不注意抓住它，可是，受伤的雏鹰依然很警觉，他刚想弯腰，受伤的雏鹰就回转身扇动翅膀要啄他。几次都失败了，父亲乌力吉脱下外衣递给巴根说：用衣服把它包住就没有危险了。巴根接过父亲的上衣，突然蒙在受伤雏鹰身上。父亲乌力吉告诉他，不要把雏鹰的头露出来，它就不会伤到你。可是，巴根实在太小了，他实在抱不动一只鹰，抱了几次都没抱起来。父亲乌力吉走过去，抱起衣服裹着的雏鹰，打开翅膀看了看说：它被老鹰推下悬崖时，没有及时打开翅膀，打开翅膀时已经晚了，碰到了山崖上了，不过没伤到骨头，包扎上三五天就没事了。

放飞治好伤的雏鹰的那天，巴根解开衣服的那一刻，那只鹰瞬间展开翅膀飞走了。许久许久，天空中除了蓝天白云什么都没有，巴根和父亲乌力吉还站在草原上看。父亲乌力吉摸摸巴根的头说：你会想它吗？

会的。巴根说。

父亲乌力吉带着巴根向牧群走去。就在这时，巴根感觉头顶上有个黑影，他抬起头，看到那只刚刚飞走的鹰在头顶上盘旋。巴根激动地喊着：阿达，你快看，它回来了。

父亲乌力吉没有说话，也仰着头看着。

巴根问：它是来看我们的吗？

是。父亲乌力吉说。

鹰飞走了。巴根说：它还会回来吗？

不知道。

从那以后，巴根经常仰望着天空。长大后，巴根也像父亲一样，成为一名所向披靡的搏克手，在巴根的世界里，始终有一只雄鹰在展翅飞翔。

父亲与鹰

除了风声，山谷中静得连自己喘息的呼吸声都像雷声。巴根跟在父亲乌力吉的身后，喘着粗气一步一步向山谷中走去。山路一直很陡峭，每走一步都感觉很吃力。他不知道父亲到底要干什么，就这样骑马走了两天，又徒步走了一天，才走进这条天山深处的山谷。父亲自从带他出了家门就没说过一句话，父亲在前他在后，他始终跟在父亲的身后。

走进山谷一阵子，父亲才回过头来说：这条山谷是这段天山最险峻的山谷，这里是鹰的家，鹰永远都把自己的家安在最险峻的山崖上，这也是鹰培育后代的地方，我带你来就是让你看看鹰是怎么抚育自己的儿女的。到了这时，巴根还是不知道父亲究竟是何用意。父亲乌力吉一直觉得巴根的胆子太小了，十二三岁了，还不敢骑在马背上急驰狂奔，这哪还像一个生活在草原上的人，更不像他乌力吉的儿子。

提起父亲乌力吉,他在巴音布鲁克草原可以说是响当当的人物,方圆几百里无人不知无人不晓,就连三岁的小孩子都知道,乌力吉是巴音布鲁克草原的巴特(英雄)。不管在搏克竞技场上还是在赛马场上,父亲都是首屈一指的人物,特别是在草原牧人的心里,父亲更是一个无所不能的人,养马的本事无人能比,每年父亲都会喂养出巴音布鲁克草原最好的马匹,也是最能卖好价钱的;父亲的羊群也是巴音布鲁克草原最大的。这些年不是给他治病寻医问药,父亲早就买小汽车了,有了小汽车,搬家就方便多了。

巴根在巴音布鲁克小镇上学时,同学一听说他是乌力吉的儿子,就羡慕得不得了。听别人讲起父亲乌力吉的故事如数家珍,比自己还了解父亲,巴根感觉脸又热又烫,甚至想找个地缝钻进去,不想因为自己损害了父亲的名声。他对父亲越了解,愧疚就越大,越是这样,他就越不敢面对父亲。可是他一想到自己是一个胆小鬼,就觉得真是太给父亲丢脸了。他不敢在同学面前暴露自己胆小的毛病,不敢说自己不敢骑在马背上急驰狂奔,更别说上搏克竞技场了,这不是一个草原人的天性。他也想像父亲那样成为巴音布鲁克草原上的巴特,可是这个愿望随着年龄的增长,越来越渺茫了,他不知道自己将来是什么,还能不能算作一个草原人。

巴根小时候体弱多病,能活下来也多亏了母亲细心照料和寻医访药,不然他早就夭折了。他也不知为什么,一骑到马背上就有一种非常恐惧的心理,感觉天旋地转,像喝醉了酒一样东倒西歪。母亲心疼他,就不让他干这些危险的事情。可是父亲看到他,却老是唉声叹气的,有时有意无意地说:这个孩子怎么一点儿都不像我呢!巴根知道自己让父亲很失望,对此也很懊恼,父亲是那么的强大,而自己又是这么的弱小,几乎是弱不禁风的样子,有时,他感觉一阵大风来了都能把他吹走。

父亲不想他永远都是一副弱不禁风的样子,总想把他锻炼成一个勇敢坚强的草原人,可是母亲见不得他受苦,就对父亲说:孩子身体不好,就别折腾他了,草原人不一定每个人都像你一样,这是他的命,也许他就不是吃草原饭的人。父亲又不想看到母亲担心的样子,更不想听母亲喋喋不休的唠叨,暑假的时候,父亲对母亲说:我要带着巴根出趟远门,多则十天八天,少则三五天吧。

母亲很不放心地望着父亲说:你带巴根要到哪里去?

我想带他出去走走。父亲不露声色地说,巴根不小了,该出去历练历练了。

母亲犹豫了一会儿也没说什么,第二天巴根就跟着父亲出发了。母亲原本以为父亲是要把他带到城里看看,他也是这么想的,可没想到父亲把他带到这个荒无人烟的天山山谷里来了。他想,父亲是想让他感受天山山脉的壮观和雄伟,却不承想父亲带着他往山谷深处攀缘而上,他不知道父亲带他到这里来究竟想干什么。父亲的话他也没听明白,不知道老鹰和他又有什么关系。巴根没有吭声,继续跟在父亲的身后,在山谷中艰难地走着。也许是父亲走累了,他停下来说:歇一会儿吧,喝口水我们再走。巴根抬起头望了一眼两边高耸陡峭的山崖,心里无比震撼。父亲坐在一块平坦的石头上,从腰间拽出羊皮水袋,咕咚咕咚灌了两口,又递给他说:喝几口吧,还有很长一段路要走呢。喝完水,父亲问巴根:累吗?

他摇了摇头。

父亲说:不累是假话,这么陡峭的山,连鹰都会选择在这里安家,这就说明这里是很多动物不敢来的地方,所以鹰认为这里是安全的,也是抚育儿女的好地方。

巴根望着父亲说:鹰为什么要选择在这么陡峭的地方安家抚育儿女?

因为没有天敌,它们的儿女就安全了。父亲仰起头望着远方说,鹰这种动物很聪明,知道怎么爱护自己的儿女,也知道怎么教育自己的儿女,它们不会允许自己的儿女因为胆怯懦弱而赖在窝里不肯翱翔蓝天,它们会把自己的儿女一脚踹出窝,让儿女翱翔在属于鹰的蓝天里。

十年后,巴根以很优异的成绩考上大学,成为巴音布鲁克草原第一个大学生。巴根说:很感谢父亲和鹰,是他们让我生长出一双翱翔蓝天的翅膀。

少年与鹰

蒙古包外,一只鹰盘旋在空中,不时发出只有小巴根听得懂的叫声。躺在床上的小巴根一骨碌爬了起来,咬着牙一瘸一拐地走出蒙古包。一抬头,一道道刺眼的阳光,让小巴根睁不开眼睛,他抬起一只手挡住明晃晃的刺眼的阳光,才看清盘旋在头顶上的鹰。小巴根说:谢谢你又来看我,你不要觉得有什么愧疚,一点小伤没事儿的,过些天就好了。

雏鹰自从飞走之后,每天都来看他。小巴根是为了救雏鹰才摔伤的,那时的雏鹰是被老鹰推下悬崖,也就是雏鹰出生的窝儿

的。该是出窝儿自由翱翔的时候了,可雏鹰不敢越下悬崖展翅翱翔,老鹰就把它推出了窝儿。雏鹰出窝儿的时候,羽翼刚刚丰满,还没一冲云霄的勇气,几次展开了翅膀,又都以失败告终了。雏鹰身体看上去很健壮,但是和老鹰相比还是小了一圈。老鹰焦急地站在旁边山崖上看着,它不会允许自己的孩子犹豫不决左顾右盼,它要助推一把,让雏鹰勇敢地起飞,融入蔚蓝的天空。雏鹰出窝时都有这样经历,老鹰也是被它的母亲推出窝的。雏鹰再次摆出欲飞的架势时,老鹰毫不客气地一脚把雏鹰蹬下了悬崖。

　　刚飞出窝儿的雏鹰非常紧张,尽可能地飞得更高,可谁也不知道它怎么就受伤了。它跌跌撞撞地飞出了山谷,碧绿的草原、弯弯曲曲潺潺流淌的小溪,这些都是雏鹰第一次见到的景象。虽然此刻,雏鹰没有心思观赏这些美丽的景色,可是它还是感受到了一股清新的气息,它从出生时起看到的就是悬崖峭壁,闻到的都是岩石坚硬的气息。它尽力扇动着翅膀,不想落在草原上。雏鹰知道,落下来就是它最危险的时候,一只放牧犬都有可能伤害它的性命。它更知道雄鹰是要翱翔在蓝天上的,它是蓝天的使者,是草原的守护神,每一只野兔、老鼠都逃不出它的视线。而此时,它就像一只失去平衡的风筝,受伤的翅膀怎么也使不上劲儿,最后它还是落了下来,将那只受伤的翅膀拖在地上,警觉地向前走着。

　　这时,一个七八岁的男孩从坡上跑下来,在距离雏鹰不远的地方停了下来。那个跑下坡的男孩就是小巴根,它问雏鹰:你怎么了?受伤了吗?可雏鹰听不懂他的话,警觉地注视着他。小巴根想凑近看看雏鹰的伤势,可是雏鹰做出了攻击的架势,小巴根脱下衣服罩在雏鹰的身上,雏鹰惊恐地挣扎着。小巴根蹲下身抱起雏鹰,看到那只受伤的翅膀上的伤口血淋淋的。

小巴根想骑马尽快回蒙古包,为雏鹰包扎伤口。可是那匹马好像也很惧怕鹰的气味,就在他想去牵马的时候,马突然尥起了蹶子,正好踢在小巴根的大腿上,他被马踢出了一米多远,雏鹰趁机逃窜。小巴根感觉自己的大腿被踢断了,可是动了动,感觉问题并不大。他龇牙咧嘴地把眼泪忍了回去,还咬着牙把雏鹰抓了回来,又一瘸一拐地将它抱回到蒙古包上药包扎。第二天,小巴根忍着疼给雏鹰换药时,它突然挣脱飞走了。小巴根很惋惜地望着雏鹰飞走的背影,不过,他心里是高兴的,只要雏鹰能飞就没有危险了。他想,再见到雏鹰就不知是什么时候了,到那时它也许根本就认不出他了,他的心里有一些失落。

没想到,第三天,小巴根正躺在蒙古包里胡思乱想着,就听到蒙古包外有什么在叫,他咬着牙走出蒙古包,看到雏鹰低低地盘旋在蒙古包上。小巴根非常高兴,他问雏鹰:小鹰,你的伤好了吗?以后可不要再受伤了,多危险呢!你去玩吧,我养好伤,就去镇里上学了。雏鹰飞走了,小巴根继续养着伤。

很快他的伤也好了。小巴根上学那天,是父亲骑马送他到镇子上去的,雏鹰也跟在他身后。小巴根早就看到了,他对父亲说:爸爸,这只小鹰就是我救的那只。

它和我一样在送你上学。父亲也抬头看了看说,胡(儿子),你记住了,动物有时比人还懂得感恩,虽然它们不会说话,可它们心里一点儿也不糊涂。

爸爸,我知道了,我也要做一个知道感恩的人。小巴根点了点头说,感谢爸爸妈妈给了我生命,感谢草原给了我生活,感谢……

爸爸说:这些不需要挂在嘴上,要放在心里。

巴音布鲁克之夜

到达巴音布鲁克草原时已经是黄昏了,天鹅湖也只能明天去看了。

草原的黄昏很美很静,落日就像一只橘红的大灯笼,把整个西边的天空也染得一片绯红。刚下车,冷飕飕的风吹得我们只打寒战,不知道六七月的巴音布鲁克下了一场雨就这么冷了。我们选了一家小客店赶紧住了下来,让服务员把客房的铁皮炉子生起火,才感觉好了许多。

服务员是个蒙古姑娘,长相平平,颧骨有两个紫红印记。她告诉我们,吃饭早一点去,一会儿街上就没有饭了。我们都嫌太冷了,想暖和一会儿再去。姑娘说:在我们这里过了吃饭时间,饭馆就打烊了。她又补充一句说:我们这里外来人少,牧民都去很远的地方放牧了,所以镇子上没有多少人。不吃饭恐怕半夜会饿醒,我们不得不硬着头皮,钻进巴音布鲁克冷飕飕的夜风里。

我们刚走出房间,姑娘问我们:要大衣吗?

我们说:有大衣咋不早说呀,何苦冻成这个样子。

姑娘犹犹豫豫地说:大衣是老板的,穿一次一元钱。

穿一次不就是一元钱吗?老韩说,快拿给我们。

巴音布鲁克按行政区域划分,应该是个小镇,可按一般的行政村镇看,巴音布鲁克又显得小多了。整个小镇只有一条街,而且商铺和住户大都是沿着217国道两侧建的，在微弱的月光下，巴音布鲁克就像是一个自然村落，一眼望去，巴音布鲁克镇就尽收眼底了，和一般的城镇区别太大了。街上有不少店铺已经开始关门了。我们走进一家饭店，一人要了一盘子烧面，就坐在那里边聊边等。

吃过饭，我们裹紧大衣向旅馆走去。老韩说：咱们先别回旅馆，随便走走。

刚吃过饭，再裹着大衣也不觉得有多冷了，我们就依了老韩的话，顺着巴音布鲁克的街道向镇子外走去。草原的夜真的很静，头顶上只有微弱的月光和点点繁星，耳畔只有此起彼伏的蛙鸣和昆虫的叫声。没有城市里车水马龙的那种喧嚣，没有都市霓虹的闪烁，让我们感觉非常新鲜而又好奇。一股股草原潮湿的凉风吹来，让我们几乎忘了，现在正是夏日。我们都裹紧了大衣，望着远处的山峦和弯弯曲曲的白色的银河。巴音布鲁克草原上流淌着很多自然的河流，虽然白天看不清楚，可到了晚上，在月光下泛着银光，远远望去，就像是一条条飘舞的白练。

其实，我们没走多久，就想回旅馆了。刚往回走，忽然，耳边传来优美的蒙古长调，我们都停下了脚步，静静地享受着巴音布鲁克宁静的夜，静静地让蒙古长调滋润着我们的心。旋律是那么悠长舒缓，意境是那么开阔，长腔是那么紧扣着我们的脉搏，气息是那么的绵长自如，旋律又是那么极富感染力。听了一会儿，我们都沉浸在美妙的长调音律之中，可不知为什么长调歌声却停下了。

许爱娥惋惜地说：哎呀，多好听的蒙古长调，咋停下了呢？我就喜欢长调悠扬舒缓的节奏，就像一股清流缓缓地淌进我的心里,抚慰着我的心灵,真是美不可言呀。

当我们回到旅馆,准备躺下睡的时候,许爱娥准备回自己房间睡觉,长调再次从外面传进来,而且,这次距离我们很近。我们都坐在床上,屏住呼吸听着悠远舒缓的长调,生怕弄出一点声响长调就断了。

老卢说:我出去看看,到底是谁唱的。

老卢一出门,长调真的停下了。

许爱娥很懊恼地对老卢吼道:老卢,就怨你,好好听着不行吗?你跑出去看什么?看吧,人家不唱了,你呀,就是个成事不足败事有余的家伙。

老卢不好意思地缩着脖子退回房间,说:我就是想看看,是谁唱得这么好听。

许爱娥刚要责怪,客房的门开了,是服务员进来了。她环视了我们一圈,鞠躬说:不好意思,我实在没管住自己的嘴,打扰你们休息了。

许爱娥惊愕地看着她问:刚才的长调是你唱的?

服务员点点头,再次鞠躬:真的不好意思,打扰你们休息了。

老卢再次追问:真的是你唱的?

是。

老卢:你唱几句给我们听听。

她一开口,韵味十足的长调再次萦绕在耳边。我在心里嘀咕:人不可貌相,海水不可斗量。说真的,如果不是亲眼所见,我是不敢相信,那么优美的长调竟然是从一个貌不惊人的服务员口中唱出的。而此时,我觉得她的嗓子和歌声,甚至超越了很多大名鼎鼎的歌唱家。许爱娥把她拉到自己的身边坐下。

和我们聊了一会儿,她说:我从小就有一个梦,长大了唱歌。

许爱娥:你应该感谢老天爷,给了你一副好嗓子,这也是你闯世界的本钱。

她告诉我们,她在旅馆打工,就是想多挣一点钱,有钱了去北京。

许爱娥突然决定,明天不和我们一起去天鹅湖了,她要留下来帮服务员打理旅馆的生意。

服务员说:大姐,明天我给你唱长调。

第三辑

军警天地

大漠追凶

特警大队副大队长玉山外力将脑袋靠在椅背上,闭着眼睛养了一会儿神。他在等待出发的命令,只要命令一下来,他就得出发了。

玉山外力很疲惫,一连一个多月都没睡个囫囵觉了,整天奔波在追踪的前线。据可靠情报,有一帮暴恐分子在阿富汗经过基地组织训练,又越境折返回来了,这帮家伙目的很明确,准备搞一系列恐怖事件,制造社会恐慌。他负责这个追踪小分队,四个人两辆越野车,这帮家伙逃到哪里他们就要追到哪里,直到将这帮家伙缉拿归案。

这帮暴恐分子是些训练有素的家伙,而且手段凶狠残忍,手里面有武器,懂枪械,会开车,能制造土炸弹,还具备一定的反侦查能力,是帮非常危险的人。在一个月的追踪当中,从逮捕的暴恐分子嘴里得知,还有四五个家伙侥幸逃脱了。这帮家伙一天不落入法网,他就得枕戈待旦,一有消息就得出发,一分钟也不能耽搁,说不准晚一分钟这几个家伙就又逃脱了。行动也不能盲目,要行之有效地把隐患排除掉。局领导正在核实来自各方的情报,从中甄别出有用的、最可靠的信息,并确定追踪的方向。

据一个牧羊人举报说,他看到四个形迹可疑的人,顺着叶尔羌河向和田方向去了。基本确定了追逃的方向,出发的命令随时都

会下。在玉山外力的办公室门被推开的一刹那,他像从靠背椅上弹起来一样,噌的一下站起来,负责刑侦的副局长说:可以出发了。

他什么也没说,抓起桌子上的微型冲锋枪就向外走,拉开车门屁股刚挨到座位上,两辆越野车就像离弦的箭,嗖的一声就蹿出了特警大队的院子。玉山外力对开车的小陆说:别着急,他们跑不了,我就不信他们能跑过我们。

小陆说:干吗整这么久呀?耽误这么长时间,我坐在车上都睡了一觉了。

局领导怕我们跑冤枉路呗。玉山外力说。

越野车颠簸在土路上,跑了一个多小时才来到牧羊人说的地方。车子缓缓停下,四个人都下了车,观察起四周的环境,玉山外力说:再往前走就进塔克拉玛干沙漠了,他们一定是顺着叶尔羌河向前走的,我估计他们没带多少水,他们就不敢离开叶尔羌河,不然渴也得渴死他们了。我们到四周看看,找找这帮家伙有没有留下什么蛛丝马迹。

不一会儿,小陆喊着:副大队长,你们过来看看,这里留下的脚印好像时间不久。

玉山外力和其他三人跑过去,仔细看着地上的足迹,玉山外力说:是刚留下不久的脚印。他蹲在地上辨认了一会儿说:看起来牧羊人的举报没错,是四个人。走,上车,我感觉这几个家伙没走多远,最好在天黑之前追上他们,夜间对我们不利,他们在暗我们在明,万一惊动了这帮家伙让他们逃脱了,我们可就白费劲儿了。

越野车又继续前行,虽然车速不快,可仍旧扬起了厚厚的灰尘。玉山外力从后视镜里看到车后的滚滚尘土,忙降下车窗玻璃,把头探出去一看,即刻就对小陆说:快停下。

小陆不明白发生了什么,赶紧把车子停下来问:怎么了,副大队长?

你看看,扬起那么高的灰尘,大老远就看得到。玉山外力说,如果被这四个家伙看到了,他们早跑了,还会老老实实等着我们抓吗?

当然不会。小陆说,那咋办?

反正路也不好走,我们把车速降下来,尽可能不要扬起灰尘。玉山外力说,我们车子走得再慢,也比他们用腿走得快。

夜色慢慢降临了,大漠之中非常安静,除了越野车发动机声音外,就听不到别的一点声音。车在一个沙窝子里停了下来。玉山外力决定不追了,休息一晚上第二天再追。大漠的夜更静了,只有风吹沙粒的声音。没有月色的天空感觉很浑浊,稀疏的星斗挂在头顶上。吃一口馕喝一口矿泉水,风餐露宿,这是他们经常要过的生活。

吃饱了肚子,玉山外力小声地说:我感觉今天晚上不会太平了。

其他三个人都是经常和他办案子的,他们最知道他们这个副大队长的能耐,他总能很确地预感到将要发生的事情,每次他都能出奇制胜。

副大队长,你感觉到什么了?小陆问。

不知道。玉山外力说,可我闻到一股怪怪的气味。

大家都上了车,把座椅放倒睡上一会儿。玉山外力却没有睡,他坐在车里,细心观察着外面的动静。他抬起手腕看了一下时间,捅了一下睡着的小陆,说:我们该行动了。

他和小陆悄无声息地打开车门,带着枪下了车,趴在地上。他轻轻敲了敲另一辆车的车门,那两个警察也下了车,趴在地上。他们分头向两个距离不远的大沙丘爬去,爬到大沙丘,他们像钻地鼠一样,慢慢地钻进沙子里,就不再动弹了。

凌晨三点多,四个身影同时出现在对面的沙梁子上,猫着腰,一步步向玉山外力他们的两辆车靠近。玉山外力突然大声喊道:都别动,你们已经被包围了。

这几个家伙确实训练有素,一听到玉山外力的声音,第一时间迅速趴下,然后,枪声就响了。其实他们并不知道玉山外力他们藏在哪里,开枪也是胡乱开的。

暴恐分子枪声一响,玉山外力和小陆的枪声也响了。他对小陆说:我压制他们的火力,你想办法绕到他们背后去,千万小心。

另两个人没有开枪,他们按事先安排好的,由玉山外力用火力吸引暴徒的注意力,其他人则寻找机会活捉这几个暴徒。激战一个多小时,暴徒的火力慢慢减弱了。玉山外力知道这帮家伙的弹药快消耗完了。当小陆从他们背后开枪的时候,他们彻底乱了阵脚,当这些家伙不顾一切逃跑时,另两个警察犹如神兵天降,突然出现在暴恐分子面前,他们只能乖乖就擒了。

暴恐分子一死三伤,而玉山外力四个人毫发未损得胜归来。

老朋友

吐拉甫江再有半年就退休了，干了一辈子警察，他从没后悔过，除暴安良，打击犯罪，这都是他分内的事儿，也是他心里最为欣慰的事儿。人老了，腿脚也不利索了，派出所也没安排他负责案子，只是在所里干一些力所能及的事。吐拉甫江并不习惯这样安闲的日子，以往忙活惯了，闲下来反而不知干些什么好。

三十多年前，他从部队转业到了派出所，第一次见到偷牛贼买买江这家伙时，就觉得这个家伙浑身冒着一股邪气，他开始格外关注这个家伙。那时候，刚改革开放没几年，牛还是农民家里最主要的生产帮手。买买江这家伙平时就好吃懒做，游手好闲，就爱小偷小摸。这次，不知道这家伙哪来的胆子，偷了别人家牛，竟然杀了卖肉。在当时，偷牛不算小事儿，可也判不了几年，一转眼就出来。吐拉甫江为了更好地掌握这家伙的情况，让他每个星期到派出所报个到，汇报一下出狱后的生活工作情况，然后再回去，该干啥干啥。

每次买买江来，他都尽可能多抽一点时间，和他多聊聊，想从谈话中多了解一点情况。买买江眼睛里总是闪烁着一种怪异的目光，他总觉得在这双目光后面，一定有他不知道的事情，买买江这家伙狡猾得很，总是装得跟没事人一样，说话总是避重就轻。既然这个家伙不说，吐拉甫江也不问，也装作没察觉的样子，心里

却想着如何打开突破口。

这一晃就三十多年了,好像买买江也没再犯什么错。买买江开了个杂碎馆,生意还挺不错,娶了老婆有了孩子,小日子过得挺红火。这是吐拉甫江最希望见到的,人有事儿做了,也就不干那些小偷小摸的事了,再说了,谁一辈子还不犯点儿错,错了,改了不就行了吗。这些年,派出所工作不紧张了,晚上没什么事儿了,他也会带瓶酒到买买江开的杂碎馆,和他边喝边聊。聊什么呢?他总想从买买江嘴里证实他的怀疑和猜测。有时,他也反问自己,是不是自己想得太多了,原本人家买买江就没有什么,也许是自己的职业病在作怪!可是,他一想到买买江的目光,他就觉得自己的怀疑没有错,也就不敢放松脑子里的那根弦。

在买买江的杂碎馆里喝酒,虽说他们相互之间知道彼此的身份,可是在外人看来,他们就是一对老朋友。二十多年了,不争不吵,喝着酒吃着羊杂碎,让不少人羡慕不已。买买江日子过好了,似乎断绝了那些摆不上桌面的事儿。可是说心里话,吐拉甫江一直对他不太放心,他总觉得这家伙心里装着什么事儿。

一直以来,每个星期买买江都到派出所报到,时间久了,买买江和派出所的民警也都混熟了,见了谁都打个招呼,掏出有档次的香烟来,给大家散一圈。新来的民警也搞不清吐拉甫江和买买江之间的关系,都觉得他们是老朋友,对买买江反倒很客气。

又是一天的早上,买买江溜溜达达走进派出所,在吐拉甫江办公室坐了一会儿说:没什么事儿我就回去了。

下个星期你就不用来了,吐拉甫江说,我退休了。

不来了,哎……这些年,我都落下毛病了,买买江似乎很失落地说,不到你这儿来一趟,心里就是不踏实。

毛病。吐拉甫江说,好好做自己的生意,闲了,我找你喝酒去。

吐拉甫江退休了,他也觉得闲下来的滋味不好受。没退休的时候,恨不得明天就退休,特别是忙起来的时候,哎哟!整天忙来忙去,如同一台超负荷运转的机器,筋疲力尽。派出所都是这样,管的片区大,所里又缺人手,一个人要顶两个用。他退休了,人家都喜欢钓钓鱼养养花,和别人下下棋打打牌,可是这些吐拉甫江全不会。有时,他觉得退休还不如在派出所上班,有事干,时间过得快。闲下来了,这时间就像拉磨,难熬。

上午看报纸,他看到一个报道说,近日,在本市郊区发生了一起抢劫案,市局用了36个小时,就逮住了那个犯罪嫌疑人。吐拉甫江放下报纸想了想,他记得二十多年前,在他的片区也发生过一起抢劫案,可是并没有逮住那个犯罪嫌疑人,那个案子到现在也没破。那时候,不像现在到处是监控。那时,全靠现场遗留的蛛丝马迹破案。可是那个家伙有点儿反侦查能力,把现场收拾得很干净,那个案子就成了陈年积案。

下午,吐拉甫江没什么事儿,就溜溜达达来到了买买江的杂碎馆,他说:忙不忙呀?

买买江说:不忙。弄几个羊头羊蹄子喝几杯呀?

好呀。吐拉甫江说:反正没事儿,喝就喝。

喝到天快黑的时候,买买红喝高了。买买江说:现在和你喝酒我可——轻松了,不像以前,我得时刻注意,不能让自己——喝多了,喝多了,满嘴跑火车就麻烦了。

哎呀,你这个家伙就是心眼多,我把你当朋友,你还防着我。吐拉甫江指着买买江说:你说,你是不是不够朋友?

不瞒你……不行啊,你那时候是……警察,说了,你就得抓我。买买江舌头打着卷说,现在你退休了,我就不怕了,说给你听……也无所谓。

吐拉甫江不敢插嘴,怕这家伙反应过来不说了。

你还记得二十多年前,那个抢劫的……案子吗?买买江问。

吐拉甫江点头说:记得。

那就是我干的,抢来的钱……就开了这个杂碎馆。买买江说。

等买买江把作案的细节说完,吐拉甫江突然从身后掏出手铐,给买买江铐上。

买买江嘿嘿笑了,说:你都退休了,管不了我。

你别忘了,我退休了也是警察。吐拉甫江说。

我们是朋友。买买江喊着。

我们永远都是朋友。

老兄弟

自从凯赛尔当上县公安局副局长后,他一直想和迪力夏提搞好关系,可是这个家伙犟得像头依协克(驴),就是不领他这个情,还时常找他的茬儿。

前几天,这个依协克还直闯他的办公室,也不管办公室有没有其他人,就直呼他的名字。如果办公室没有其他人也就罢了,大家原本都是老同事，叫就叫了。可是那天，分别来自几个派出所的所长在他办公室开临时会议，迪力夏提的言行实在很不礼貌，进来了也不搭理他，反而和其他人握手打招呼，让他这个副局长很没面子。他干咳两声说：迪力夏提，你也是公安战线的老人了，你下次进别人的门，能不能有点儿礼貌，进门时敲敲门，不管咋说，我们也是纪律部队，这样横冲直撞的，是不是显得很没礼貌？

没想到，这个依协克做得更过分了，什么话也没说，转身就出去，关上门，之后就是敲门声，然后就听门外传来声音：报告，刑侦大队大队长迪力夏提向凯赛尔副局长请示汇报工作。

最近整个县城都不太平，几个小区连续发生入室盗窃的案子，闹得全城人心惶惶。凯赛尔是负责局里派出所工作的副局长，当然不能坐视不管，便把派出处所所长都叫来了，趁着早晨开个小会，督促派出所尽快侦破案件，安抚民心，还老百姓一个太平世界，这对于公安局派出所来说，责无旁贷。没想到，迪力夏提这家伙一来就把会给搅了。

凯赛尔"进来"二字刚一出口，迪力夏提就推门进来了，一边走着一边在嘴里咕哝着：你这是当了副局长脾气见长啊，敲门，喊报告，哪有那么多的破规矩。说完，他还故意向在座的派出所所长们做了一个鬼脸，惹得大家都捂着嘴笑。凯赛尔副局长知道这家伙怪话多，也不想惹他，就说：好吧，你的事儿重要，先办你的事儿，你说吧，等办完了你的事儿，我们继续开会。

在当副局长之前，凯赛尔是缉毒大队队长，迪力夏提是刑侦大队队长。说白了，都是这个副局长位子的有力候选人。在还没宣布谁任副局长之前，局党委也都找他俩谈了话，大家都认为迪力夏提最有可能当副局长。在县公安局里,局领导历来都是出自刑侦部门,这已是多年的惯例了,就连凯赛尔自己都是这么想的。凯赛尔觉得,自己能把缉毒大队的工作干好了,多抓几个毒贩,尽可能地消除毒品对老百姓的坑害,也就不枉自己身上这身警服了。可事实却是,他出人意料地坐上了副局长的这把椅子。他知道,迪力夏提这家伙心里不会舒服了,所以,在各个方面他都让着迪力夏提。原本大家就是好兄弟。

自从凯赛尔当了副局长,迪力夏提虽然没有表现出明显的不高兴,但是见了他总是怪话连篇。他知道,这醋坛子打翻了。这也是人之常情。人活这辈子图个啥呀?起早贪黑地奔波在大漠荒原,风里来雨里去,战斗在最危险的公安第一线上,虽不是为了升官晋职,但也要让自己的人生不再那么平淡,要让自己的人生光彩夺目些。人人都是这么想的,人人都想干一番轰轰烈烈的事业。也许,升官晋职只是对自己人生价值的一种实现,也是对你努力工作的一种肯定。可是,不可能人人都来做领导,能走上领导岗位的人,终归是极少数的。

其实,凯赛尔见了迪力夏提也觉得不自在,总觉得是自己抢了他副局长的饭碗。凯赛尔有时会想起他和迪力夏提一同转业到县公安局时的情景。那时,他们都从部队正连职转业下来到了地方,也都被安排在县公安局工作,他们也自然而然成了好朋友。凯赛尔家是农村的,当时还没有结婚,他就时常到已结婚的迪力夏提家蹭饭,两个人情同手足。他们互相鼓励,互相学习,进步都非常快。他们很快就熟练地掌握了侦破案件的技巧,也经历了很多千奇百怪的案件,成为令犯罪分子心惊胆寒的两把利剑。

因为突出的表现,迪力夏提被任命为派出所副所长,凯赛尔仍留在刑侦大队,任二中队队长。他们没有公开庆祝,兄弟二人找了一个小酒馆,偷偷地喝了一顿庆贺酒,还互相鼓励说:兄弟,好好干,无论我们两个人以后谁升迁了,我们都要庆贺一下。

迪力夏提开玩笑地说:嗯,我看那个副局长的位子不错,我要发起第一轮攻击了。

那时,他们喝得都有一点多了,舌头都有一点打卷,但是,大脑都很清醒。凯赛尔说:不,我看那个副局长小了,局长那把椅子好,我们向局长那把椅子,冲锋。

凯赛尔走马上任已经两个月有余,可是还没有和迪力夏提聚过。他几次打电话给迪力夏提,想兄弟二人聚一聚,可是,迪力夏提都说工作忙脱不开身。他觉得兄弟二人生分多了,如果放到以前,不用他叫,迪力夏提就张罗了,可是现在,他想请都请不到。

那天晚上下班,凯赛尔没有开车,自己想走路回家,路过了他和迪力夏提曾经喝酒的小酒馆。看着酒馆,他犹豫了一下,还是进去了,点了几个小菜一瓶酒,举起酒杯对着空中比画了一个碰杯。刚要喝,一个熟悉的声音就穿透而来:好呀,一个人跑到这里喝酒也不叫我,你真不够意思。

他一抬头看到迪力夏提,说:你怎么也跑到这儿来了?

他这才知道,迪力夏提早就安排好小酒馆老板,只要见到他来这里喝酒,就打电话给他。凯赛尔闪着泪花说:老兄弟,干杯。

老对手

这是新中国成立以后，发生在西部边陲一个小县城敌我较量的故事。阿巴斯是一名派出所的片警，他凭借少年时代的记忆，始终坚信自己曾见过那双眼睛，历时二十多年的追踪，终于使事件真相大白。

当年，元凶国民党残余和当地的马匪们，曾经做下轰动边城的特大抢劫杀人案件。虽然他们都隐藏在各地乡下和城市里，但公安们顺藤摸瓜，还是陆续将他们缉捕归案。

自从阿巴斯进入公安队伍，他就特别关注老城区一个三十多岁的男人。这个人看上去很普通，高瘦的个子，一脸浓密的胡子，眼窝子特别深，眼珠子就像掉进深不见底的两个黑洞里。就是这双深不见底的眼睛，让你无法识别他的眼睛看没看你，更无法猜测，在这双眼睛的后面，到底隐藏着什么不为人知的秘密。

这人没正当职业，也没有家室，平日就靠给别人打点儿零工混饭吃。阿巴斯第一次见这个人，是在派出所进行人口普查时。刚解放时，片区里的人口比较混乱，为了掌握第一手资料，挨家挨户进行人口普查登记，是最有效的办法。当他走进这个叫吾斯曼卡德尔的人的低矮的家门时，他就嗅到一种说不明的气息，当看到这个家伙的眼睛时，他不由得倒吸了一口凉气：这双眼睛怎么这么奇怪，深得根本看不到他的眼珠子，而且还有一种似曾相识的感觉。在哪里见过呢？阿巴斯努力地在记忆里一遍遍搜索，可是，记忆就如有道屏障，他始终找不到记忆里的那张底片。

工作太忙了，他没花时间细细琢磨这些事儿。他想，只要时刻盯紧了，那个家伙就跑不了。他曾向局领导汇报过，可是局领导说：你发现他有什么动向吗？

没有发现。阿巴斯说。

我们不能仅凭怀疑就把人抓来，我们要的是证据。局领导认真地说，这事儿呀，你平时多留点儿心，万一有什么动向及时向我们汇报。

时间过得真快，一眨眼就二十多年了，他也从小阿巴斯变成了老阿巴斯。唯一没变的是他对吾斯曼卡德尔的关注与调查。虽然他拿不出更多怀疑他的证据，但仅凭对那双眼睛似曾相识的感觉，一追就是二十多年。他没事儿的时候，就跑到吾斯曼卡德尔家里聊天，他想唤起自己曾经遗忘的记忆。吾斯曼卡德尔是个少言寡语的人，在街坊邻居看来，这是一个非常老实的人。可他越这样阿巴斯就越觉得不对劲儿，他觉得这些外表的东西，都是一种假象，他的背后一定有不可告人的事情。

这天，阿巴斯办完了手里的事，想到巴扎（集市）上转转。很久没逛巴扎了，他想看看有没有家里需要添置的东西。他脱了警服换上便装，骑上自行车去逛巴扎。买完该买的东西，准备往回走的时候，突然巴扎里面慌乱起来，有人扯着嗓子喊：快让开，我的马受惊了。阿巴斯看到巴扎的西头有一辆三匹马拉的马车，一路狂奔过来。很多人躲避不及，被马车挂倒了，甚至还有被马车碾轧过去的，哭声喊声连成了一片。马车再不拦住，后果将不堪设想，阿巴斯决定不顾及自己的安危，冲上去拦住受惊的马。当马车接近身前时,他看准时机,一把抓住马的缰绳,使出浑身的力量,拖住狂奔的马车。马车终于停下了,幸好他只受了一点皮外伤,到医院包扎一下就没事儿了。

阿巴斯从医院出来时,他突然想起自己十二三岁的事情。那时,新疆和平解放没多久,国民党残余和马匪并不甘心失败,他们趁新政权还没站稳脚跟,集结马队进城来抢掠财物,有人躲避不及,就倒在了马蹄之下,马匪们在杀了几个解放军战士后,仓皇逃出城去。阿巴斯轻拍一下脑门,他终于想起来了,吾斯曼卡德尔不就是那个脸上蒙着一块破布只露两只眼睛的马匪吗!

他顾不得自己那点伤,就来到了吾斯曼卡德尔的家,一进门他就对吾斯曼卡德尔说:你还记得1953年,马匪闯进城来抢掠财物,杀了几个解放军战士的事吗?

当然记得。吾斯曼卡德尔说,我就是马匪之一。

哦?看来你早有准备呀。阿巴斯说。

你第一次来我家,我就认出你来了,我想你也认出我了。吾斯曼卡德尔不紧不慢地说,你就是那个被我抽了一马鞭子的孩子,我说得没错吧?

是,是我。阿巴斯说。

我想,你早该认出我了,可是又让我多过了二十年。吾斯曼卡德尔说,我知道这一天早晚会来的。不过,我很感谢你,给我留了那么多的时间,现在枪毙我,我也没有怨言。

你为什么不去自首?最起码,能保住性命。阿巴斯说。

哈哈哈,吾斯曼卡德尔大笑起来说,就算保住性命,在监狱里了却此生,有意思吗?

既然你知道我一直怀疑你,你就没有想过逃跑吗?

逃跑？那不等于告诉你我心虚吗？吾斯曼卡德尔说,我没那么傻,我不动才是安全的,我只要一动就暴露了。二十多年了,我们是一对老对手,我想,我可以赢你,可是我不知道是什么让你突然想起来了我就是那个马匪。

阿巴斯说:这就是天意,今天巴扎上我遇见了三匹受惊的马,让我一下子回想起了二十多年前你抽的那一鞭子和你那双永远看不到眼珠的眼睛。

我输了,就输在这双眼睛上。

便衣老苏

在便衣大队,大家都把苏莱曼叫老苏,他是便衣大队里年龄最大的。当然也不光是他年龄大,其实这样称呼也是一份尊重。老苏不在乎别人叫他什么,他在乎的是自己公安干警的形象。他的警服,总是熨烫得板板正正的,皮鞋也擦得锃亮,临出门前,他总是左右前后地在镜子前照个遍,才放心出门。

老苏最不愿意干的就是便衣,好好的警服就像摆设一样,挂在衣柜里几个月也穿不上一次,只有逢年过节才有机会拿出来穿穿,否则,都没人知道老苏的工作是什么。人家公安上班穿警服,而他上班就得穿便装。街坊邻居也纳闷,就问他:老苏啊,你在公安局上班怎么老穿便装呀,你把警服穿上在小区里走上一圈,贼娃子不就不敢来了？老苏听后,心里也不痛快,你看看,街坊邻居

都提意见了。警服是国家公安的一种象征,贼娃子见了就害怕,怕的不是他的人,而是怕他那身警服。老苏心里也犯嘀咕,我这当的是什么公安呀,整天穿着便装东游西逛,尽和那些盗贼们躲猫猫,哎,真是太没意思了。

有一次,他和其他几个便衣干警抓贼,被抓的贼大喊黑社会打人了,呼啦就围过来一帮不明真相的人阻止抓贼。最后,他们亮出了警官证才算没有被误解。

虽然心里不愿意,可是他没有找领导说,依然和贼娃子们干着躲猫猫的活儿。老苏知道,想做好一名便衣也没有想象的那么简单,说白了,不仅要有快速的判断能力,还要有非常敏锐的洞察力,看一眼事发现场,就能判断出发生了什么,而对身边发生的突发事件,处置必须果敢有效,迅速控制现场发生的一切状况,为侦破案件争取时间。

公安便衣给人的感觉就是上街抓小偷,车站码头公交车上防扒窃,看似简单,其实这里面大有学问。抓小偷也不是一件容易的事,在茫茫人海中有形形色色的人,谁也不知道谁是小偷,谁也不会在脑门上贴着"我是小偷"的字样。

走在川流不息的大街上,如何快速甄别好人和小偷?老苏可是下了不少苦功。这些年,老苏已经练就了一双火眼金睛,只要人从他面前经过,四五秒钟他就能看出这人是不是小偷,三秒钟就能记住这个人的面部特征。用老苏的话说:若不记住面部特征,转眼人就不见了,该如何寻找目标?总不能见人就盘问,等问完了,身份也暴露了。小偷也不是傻子,知道你的身份了,还会犯案等你来抓吗?

老苏刚到便衣大队时,情绪很大,他不愿意像老鼠一样偷偷摸摸地干事情,公安嘛,就是要大张旗鼓地办案子,这首先是对其他犯罪嫌疑人的一种震慑,其次也彰显了正义的力量。可事不遂心,领导偏偏让他干这种"偷偷摸摸"的便衣,他非常抵触。几个月下来,他分管的片区作案率不降反升,这让大队领导非常不满意,把他叫到办公室狠狠地刮了一顿胡子(批评)。回来后,他也静思了一下,既然分到这个岗位了,就要尽职尽责,在哪里工作都是为人民服务。人家片区风风火火地抓扒窃,而他整天坐在广场上打瞌睡;人家那边严密监视,而他这边不去设防,贼娃子自然往他这边跑,作案率当然是上升而不是下降。老苏觉得还是自己思想有问题,导致出工不出力,这样工作当然不会有效果。

  人呀,干什么就怕认真,你一认真了,事情就会发生质的变化,没有干不好的事,只有想不想干的问题。老苏端正了自己的态度,着实下起了功夫,他每天开始在拥挤的公交车上,看着上上下下的乘客,慢慢地总结抓扒窃的经验,如今,只要贼娃子一上车,他不用看都能感受到那种气息,不管贼娃子穿得多么上档次,他只需扫一眼他们的眼睛,就能确定这个人是不是贼娃子。

  有一次,他在公交车上抓了一个打扮非常时尚的年轻人,年轻人表现得很镇定,对老苏不屑一顾地说:公安同志,您是不是看错了,我这种身份的人,怎么会偷东西?说完,他转过脸去煽动性地对公交车上的乘客说:你们看,我的这身西装都三万多块,大家评评理,能穿得起这样西装的人,会是一个小偷吗?

  车上不明真相的乘客也附和着说:公安同志,是不是你真的看错了,这小伙子看上去就不像是个坏人,给别人道个歉,让小伙子走吧。

  老苏呵呵一笑,对那个年轻人说:你是不是小偷,你知我知。

今天看来必须揭穿你的把戏了,不然你会认为我老苏是吃干饭的,这个车上的人也会误认为我抓错人了。随即,老苏脸一沉,严肃地望着那个贼娃子说:请你用双手把自己的皮带解开。

贼娃子说:大庭广众之下,解皮带多不雅观。

解开。老苏断喝一声,声音洪亮有力,不容置疑。

贼娃子乖乖地解开皮带,老苏说:现在可以拿出来了吧?贼娃子伸手从裤裆里拿出一个钱包。老苏举着钱包问:这是谁的钱包呀?

这时才有人发现自己的钱包丢了。老苏说:你不是说我看错了吗?你不是说穿名牌西装不会偷东西吗?这是什么?

从那以后,老苏就令贼娃子们闻风丧胆。听说老苏分到哪一个片区,贼娃子就会离开那个片区,有的甚至流窜到外地去了。

大队长老麦

老麦在刑警队可是个大名鼎鼎的人物,不仅同行们对他佩服得五体投地,就是那些境内外的暴恐分子,一听到的麦提尼牙孜·肉孜这个名字,也准保会两腿打战脑后生风,总感觉老麦的手铐就在那里等着他们,他们只要一露面准被抓。

同事们都喜欢叫他老麦,他也特别喜欢同事们这样叫他。倒不是他想在同事面前摆老资格,那些曾经的经历和成绩都是过去的事了,没什么了不起的。作为一名刑警,义不容辞的职责不就是维护社会稳定,保一方平民百姓生命财产的安全吗?不然还要他们这些刑警干吗?另外,他觉得叫老麦很亲切很踏实,说明他还没有和一个战壕爬出的战友们拉开距离,也没有因为他当了刑警大队队长了,就失去一帮同甘共苦的生死兄弟。当大队长不是为自己捞升官的资本,而是整合刑警队优势人力物力,有力地打击犯罪,保护老百姓的生命财产安全的职责所在。

在娱乐界想红想出名的大有人在,可干刑警这一行出名绝对不是什么好事。老麦出名了,也就意味着他要面对更多的危险。这一点老麦比谁都清楚,可是他是刑警大队的大队长,别人可以把头缩一下,他只能硬着头皮出这个名。危险是方方面面的,不仅黑帮恶势力,还有境内外的暴恐分子,早就把他列入了黑名单,老麦不担心自己的生命安全,自己就是干这行的,承担一点风险也是理所应当的。可他最担心的是妻子和一双儿女的安全,他们不招灾不惹祸的,无故就成了那些犯罪分子报复的对象。他常常想,有本事来呀,和我老麦真刀真枪地干,要是我老麦干不过你们,算我老麦没本事。

那次,上小学三年级的儿子被他曾经亲手送进监狱的犯罪分子劫持,得到消息,老麦自己都不知道是怎么来到现场的。当他看到儿子的脖子上架着一把锋利的刀时,他真想冲过去,一个过背摔将劫持儿子的嫌疑人撂在地上,然后再朝太阳穴上来一拳,再强壮的人也禁受不住他的这一击,百分之百当场昏死过去,两个小时之后才能醒。可是这个时候鲁莽不得,儿子还在嫌疑人的手里,嫌疑人稍一用力儿子就麻烦了。老麦强迫自己镇静下来,与嫌疑人沟通谈判。在万般无奈之下,老麦将自己反手铐上,提议用自己换下儿子。嫌疑人知道老麦的身手,老麦只需一个小动作，他就得乖乖地伏法了。嫌疑人也是个老江湖，就在刚接触老麦的身体时，他突然在老麦的大腿上捅了一刀，鲜血直往外喷涌，疼得老麦龇牙咧嘴。嫌疑人这才觉得安全了，放了老麦的儿子。只要儿子安全了，老麦的心也就落地了。他要求嫌疑人给他包扎一下伤口，可嫌疑人怕有诈，说什么也不同意。就这样僵持了一个多小时，老麦也劝解了一个多小时，可嫌疑人大有僵持下去的企图。老麦装作失血过多慢慢瘫倒在地。嫌疑人怕失去护身符，想去看个究竟，老麦忍着疼痛飞起一脚正踢在嫌疑人面门上，硬生生把嫌疑人给踢昏了过去。

自从那次事件之后，老麦每天晚上都做噩梦，不是梦见儿子被劫持，就是梦见女儿和妻子被劫持。他给儿子女儿办转学，甚至劝妻子辞去公职，专门接送两个孩子上学。妻子说：老麦，咱们不干这份起早贪黑没有节假日的警察了，一家人安安稳稳地过自己的日子多好。

老麦望着妻子一脸哀求的样子，他的心也软了。可是一想起那些让他寝食不安的案子，他什么也不说就走了。他不去接送儿子女儿上学，不去给孩子开家长会，也不带孩子们出去玩，他每时每刻都提醒着自己，不能轻易暴露他和子女的关系。

老麦办案子干净利落，在刑警大队有目共睹，而且老麦有过目不忘的本事，只要是他见过的面孔，就刻在他的脑子里了。有一次，老麦到外地出差，在下榻的宾馆办入住手续时，突然看到一张似曾相识的面孔。当时正忙着办手续，他也没多想。等住下后，他突然想起，不久前，邻县公安局发来一个协查通报，一个抢劫杀人案的嫌疑人犯案在逃。协查通报上有一张嫌疑人的照片，和在宾馆前台看到的人很像。老麦当即就和当地公安局联系，将那人控制之后,确认就是那个在逃的抢劫杀人案嫌疑人。事后,邻县公安局送来一面锦旗,上面写着:火眼金睛,智勇双全。

老麦接过锦旗笑着说:我要是有孙悟空的本事就好了,妖魔鬼怪就逃不过俺老孙的法眼了,那时候该有多好!我就盼着警察失业的那一天,每个人都享受太平盛世的好日子。

邻县公安局送锦旗的人刚走,他就摘下挂在会议室墙上的锦旗,放在最不起眼的角落里。他说:一名刑警不要注重虚荣和形式,天下警察是一家,协助邻县公安局办案,是我们分内之事,没有什么可炫耀的。只要我们穿上这身警服,我们就代表一个国家的荣誉。

狙击手左敦江

左敦江拔枪、上膛、击发三个动作,在瞬间就完成了,根本看不出每个动作的间隙。这在外行人看来就是一个动作,即便是在同行眼里,左敦江这手绝技也很让人羡慕。其实左敦江要的就是个快,要让犯罪嫌疑人还没有反应过来就失去反抗的能力,确保人民群众的生命财产安全。保护人民群众的生命财产安全是一名刑警的职责,也是他光荣的使命。左敦江不仅是个快枪手,还有一手百发百中的真功夫,屡屡在关键的时刻出奇制胜,挽救身处险境的受害群众。

练就这一手绝活儿,左敦江是下过一番苦功夫的。那时,他

是特警部队的一名战士,射击是他最差的一个科目,每次实弹打靶,他的成绩都是班里最差的。虽然战友们从不说他,可是,他知道拖了全班的后腿。每次连长考核评比时都说:这个,三班呀,其他科目的成绩都很不错,啊,就是射击不理想拖了后腿,以后要加强射击这方面的训练。一听连长的话,他的脸一下子就红到了耳根。左敦江暗下狠心,不练出一手好枪法决不罢休。说练就练,他每天除了三四个小时的睡觉时间外,其余休息时间几乎都用在了练射击上。白天,完成训练科目之后,他一有空就端着枪练,练托枪站姿,练臂力,枪口上挂沙袋,调节呼吸。晚上熄灯号一响,他就点上一炷香,盯着香火练眼力。全连再次科目考核时,左敦江的射击成绩虽然有所提升,但还远达不到优秀。左敦江继续练,白天练晚上练,三伏天练,三九天也不闲着。

功夫不负有心人,一年后,左敦江再次走进射击场,参加的已不是训练科目考核了,而是狙击手选拔。当他成为一名狙击手时,他悄悄地躲在没人的地方落泪了,那些冬夏寒暑受的苦也只有他自己心里清楚。可他并不满足于当一名狙击手,他要练就随时随地开枪,而且百发百中的本事。手枪击发时后坐力大,枪口跳动也特别大,很难一击制敌。左敦江天天琢磨,天天不分白天黑夜地练。在一次协助地方公安处理一起挟持人质案件时,左敦江接到击毙犯罪嫌疑人的命令后,果断击发,犯罪嫌疑人应声倒下,人质安然无恙,任务完成得非常圆满。左敦江这一手绝活,给地方公安局领导留下了深刻的印象。左敦江一复员,就被地方公安局录用。

到了地方公安局工作后,左敦江对狙击手有所看法,他觉得狙击手在案发时,都是选择有利的地形,距离案发现场比较远,对案情发展也不了解,人就像个木偶一样,没有接到击毙的命令就只得等着,接到命令后又可能错过了最佳的击发时机。如果使用手枪近距离射击,上述不利因素将不复存在,但这又对射击者的出枪速度有很高的要求。左敦江对自己出枪的速度并不满意,于是他不停地练拔枪上膛击发。练了一阵子,他觉得好像越练出枪越慢,便静下心来,百次千次万次地重复着这三个动作,终于练就刹那间就完成这三个动作的本事,这让左敦江非常高兴。

正在左敦江为自己的进步感到高兴时,传闻一只疯狗在街上伤了几个人。左敦江撒腿就往事发地跑去,到了现场,躲的躲了藏的藏了,有人无处藏身只能爬到树上,而疯狗满街乱窜。左敦江边迎着疯狗上去,边把子弹上了膛。就在距离疯狗还有三五步远的时候,左敦江抬手一枪,疯狗中枪死了,子弹正中它的脑门。

刚到地方公安局工作时,如果需要击毙犯罪嫌疑人,只要一声令下,左敦江的子弹一定能射穿嫌疑人的胸膛,使其一枪毙命。在后来的工作中,他发现很多嫌疑人都是一时冲动,和人质也并没有多大的仇恨,只是有一些私人纠纷和恩怨,是因为不够冷静而走上不归路的。当他了解到这些,他心里很纠结,有时甚至在想,自己就像一个合法的杀人犯,一条条鲜活的生命就在他抠动扳机的瞬间,命丧黄泉。

就说那次,城西一对夫妇,妻子要离婚,而男人死活不愿意,男人为了挽留妻子和家,用刀劫持了妻子。警方一再劝阻仍无结果,而当妻子脖子上流出大量的血时,警方误以为男人走向了极端,便下令将其击毙。左敦江的子弹毫不犹豫地穿进了男人的胸膛。事后才知道,当时,男人因为情绪紧张加上长时间握刀失去了知觉,才误伤了妻子。

从那以后,左敦江得到击毙的命令后,总要把枪口对偏一点,不再对准要害部位,只要嫌疑人失去反抗能力,伤害不了劫持的人质,就达到了最终的目的。有人问左敦江:既然有领导的击毙命令,你干吗不击毙嫌疑人,还要留下活口?

左敦江说:即便犯罪嫌疑人犯了死罪该死,也有法院、有法律对他进行制裁,我无权一枪结果他的性命。人家也许一时糊涂,就干一点出格的事儿,我一枪就剥夺人家的生命,是非常粗暴的行为。

老左,有人开玩笑地说,你快变成普度众生的菩萨了。

左敦江说:我们是执法者,而不是杀人的屠夫。

警花尼沙

早上,尼沙穿着崭新的警服,走进市公安局大院时,刚好赶上上班时间,陆陆续续上班的人,把目光齐刷刷地投向了她。有的人边走边看,有人干脆停下来看。

有人捅了一下身旁的人问:哎,这是谁呀?咋从来没见过?

身旁的人被捅了一下,才收回目光,扭过头看了一眼说:我哪儿知道呀!

尼沙的身影消失在办公楼里。公安局大院就像炒豆子一样,突然热闹了起来。

有人说:你看看人家父母咋生的孩子,啊?简直就是天仙下凡。

咋的?旁边的人说,看你刚才没出息的劲儿,差一点没把眼珠子掉出来。

那人笑呵呵地说：爱美之心人皆有之，刚才你不也差一点流出口水吗？

还有人议论着说：要是我们市局也有这么一个漂亮的女警察就好了，养眼又养心啊！

做你的春秋大梦吧，同行的同事说，你的眼睛就像长了钩子，看一眼就是对人家的亵渎；你的心比啥都脏，别玷污了人家美好的形象。

走进办公室之后，大家议论的话题也没变。尼沙再次出现在大家的视野里，是第三天的早上，在刑警大队的院子里。尼沙刚从刑侦学院毕业，被分配在市公安局工作，头一天来市公安局，是来办理相关手续的。局领导征求她的意见时，尼沙毫不犹豫地说：各位领导，我是学刑侦专业的，我的档案里也反应得很清楚，各科成绩都是优秀，我想到刑警大队去工作。

刑警大队的工作又苦又累，没白天黑夜，作为一个女同志不太合适啊。局领导说，尼沙，你要想好了，局里面还有不少其他职位，你可以任选其一啊。

尼沙一脸正色地说：我喜欢刑侦这个职业，也愿意为刑侦事业尽自己的绵薄之力。

刑警大队对于分来新同事非常期待，因为刑警大队一直很缺人手，案子堆积如山，哪个案子不需要人手去办？可是，刑警大队领导一见分配来的是个女的，就有些头疼，心里就嘀咕开了：这是干吗呀？刑警大队又不是收容所，什么人都往刑警大队分配。大队长只敷衍了一句"请坐，稍等，我把手里的事儿处理完了再细说"，就一直忙着手里的工作。

尼沙静静地坐在大队长对面的沙发上,看着大队长不停地忙着,中间还不时有人进来请示工作。她只能不紧不慢地拿起一张报纸看。

临近中午,大队长才腾出手来,叹口气说:咳!姑娘啊,我劝你还是到别处去吧,我们刑警这行实在不适合你,起早贪黑不说,一年到头连节假日都没有,说句不好听的,谈恋爱的时间都没有啊,你看看我们好几个刑警,三十几了还没一个女朋友,刑警不适合女孩子。

尼沙站起身说:我不想多说什么,大队长,您给我三个月时间,如果这三个月的时间,证明我吃不了刑警这碗饭,不用您说,我自己滚蛋。

听尼沙这么说,大队长望了一眼尼沙,心里说,这个丫头还真够厉害的,人长得细皮嫩肉,说话倒是有一股不服输的劲儿。嘴上说:好,够爽快,就三个月。

刑警大队来了一个美女的消息不胫而走,大家都想看看美女是啥样。一看杨柳细腰面如桃花的尼沙,哪个中队也不敢要。说真的,大家心里都清楚,刑警大队不是摆花瓶的地方,再说,刑警大队不办选美大赛,漂亮也不顶吃不顶喝,案子破不了说什么也白搭。说得再直接一点,谁不想要能吃苦能侦破案子的刑警?看尼沙肩不能扛、绣花枕头般的样子,万一出了什么事儿,谁都担不起这个责任。当刑警的就是这样,瞬息万变,谁知道下一秒钟会出现什么状况?

最后,大队领导商量决定,尼沙每个中队轮流待一个月。第一个月在一中队,尼沙表现得很正常,为了有紧急情况出警利索,她搬进了宿舍。第二个月在二中队,刚到二中队第三天,就发生了一起杀人案件,经过现场勘查和外围排查,中队得到一条确切的信息,死者和犯罪嫌疑人因为经济纠纷而大打出手,嫌疑人一时打不过,恼羞成怒顺手拿起一把水果刀捅死了对方。作案后的嫌疑人潜逃到外地,躲藏在一个亲属家里。

二中队警察和尼沙赶到嫌疑人潜逃的城市,在当地公安的配合下,找到嫌疑人躲藏的亲属家,包围了整个院子。嫌疑人听到狗叫,知道情况不妙,再想逃已经晚了。包围圈一点一点地缩小,嫌疑人也知道在劫难逃,可他不想乖乖就擒,而是穷凶极恶地亮出了随身携带的枪刺。也许嫌疑人觉得尼沙是女的,从她那里下手更容易突破警方的包围圈,便像饿狼一般向尼沙扑来,把尼沙在场的其他同事都吓出了一身冷汗。嫌疑人怎么也没想到,这个柔弱的女子,竟然迎着他就冲了过来,就在嫌疑人挥舞枪刺刺向尼沙时,只见尼沙闪转腾挪就到了嫌疑人面前,也不知怎么回事,枪刺连尼沙的边儿都没挨上,嫌疑人就已经一个狗吃屎趴在地上了。再看尼沙,回身一脚踢开了嫌疑人手里的枪刺,马上另一只脚就已踩在了嫌疑人的脖子上,令他动弹不得。大家一拥而上铐住了嫌疑人。

审讯嫌疑人的时候,嫌疑人唯独要求见尼沙,不然什么也不交代。尼沙走进来,与嫌疑人对视了好一会儿。

嫌疑人:就是你捉的我?

尼沙:是。

嫌疑人:我不相信。

尼沙:你没有输给我,而是输给了你自己。

嫌疑人:为什么?

尼沙:因为,你太小瞧女人了。

土专家

文凭这东西,用不着的时候就是一张废纸,放在抽屉里还嫌占地方。可居来提就缺这张一辈子用不了几次的文凭。每次填履历时,一看学历那一栏他就犯愁。他看人家不是本科就是大专,而自己只是个中专,总觉得和别人差了好大一截。

一起入室盗窃案本来该由派出所侦破,可是派出所人手不够,就把案子交给了刑警大队。案卷移交到居来提手里,他反复看案卷反复琢磨,案发现场也去了几趟,可就是没发现盗贼的蛛丝马迹。案发现场没有撬动房门和箱柜的迹象,只有窗户是敞开的,窗户外还留下了一双不太清晰的大脚印。

他再次来到案发现场,东瞅瞅西瞧瞧。最后,他蹲在窗外的那双大脚印前不动了,越看越觉得这双大脚印不对劲,怎么会形成这样的现象呢?脚尖和后跟感觉很轻,只有脚掌着力。他叫来失主夫妇,像聊天一样问询失主家里的事情。当他知道失主有一个十二岁的儿子时,眼前一下子就亮了。

他话锋一转说:盗窃案破了。

失主夫妇瞪大了眼睛望着他。他接着说:小偷不是别人,就是你们的儿子。

丈夫一本正经地说:这不可能,我们儿子才十二岁,平时很听话很老实,学习成绩也很优秀,从不招惹其他孩子。

妻子说:再说,窗外的那双大脚印,一看就不是孩子的。

他笑了笑说:我刚开始也被那双大脚印给迷惑了,但也就是这双大脚印让我看出了破绽。他带着失主夫妇来到窗外的大脚印前,说:你们看,这双脚印有什么异常?

失主夫妇摇着头。

他说:你们看这双脚印的着力点,中间凹陷深,两头脚尖和脚跟却浅,这说明什么?

失主夫妇继续摇着头。

说明,他故意停顿了一下说,说明这是一双小脚,却穿着一双大鞋。

失主夫妇还是将信将疑。居来提叫来失主十二岁的儿子,让他穿上失主的一双鞋,从窗户上往下跳。失主儿子刚站上去就哭了,说钱和金首饰都是他偷的。原来,失主的儿子在学校遭到社会青年的勒索,被逼无奈才偷了家里的钱和首饰。为了转移警察的视线,他在外面捡了一双破旧的鞋,故意留下窗户外面的那双大脚印。

居来提顺藤摸瓜,收拾了学校周边的一帮社会青年。

从那以后,他对脚印产生了浓厚的兴趣,一有空他就蹲在街上,看过往行人走路的姿态,一蹲就是几个小时。同事都说他跑到街上看美女去了,他却笑而不答。城里全都是柏油路面,是很难看到脚印的,居来提就骑着自行车跑到农村,跟着人家身后看留下的足迹,有时看到特殊的脚印,他还会请人家脱了鞋看别人脚的形状。有人骂他神经病,有人干脆瞪他一眼一走了之,不过更多人对居来提都怀友善之心,会脱下鞋来让他看。有一次,居来提在街上跟在别人身后,光看别人走路的步履了,却没注意到

人家突然停下来，结果结结实实地撞在了别人的身上，只能赔着笑脸赔不是。

居来提在不断的实践中总结出经验，只要犯罪嫌疑人留下脚印，他就能根据脚印判断出嫌疑人的身高、年龄和体重。在一起纵火案的现场，办案同事没得到其他有利的线索，只发现两排脚印。他们顺着脚印追踪到一片垃圾场，脚印突然消失了。他们在距离垃圾场七八米的地方，发现一堆焚烧过的痕迹，在灰烬中发现一双没有被全部烧毁的女人鞋。办案同事初步判定，纵火的是一男一女。

居来提来到案发现场，顺着脚印走了几步就定下来说：这是两个男人的脚印。

办案同事不相信。居来提补充说：应该说，这是一个穿着女人鞋的男人。

两个嫌疑人被抓来之后，经过审讯，哥哥承认是自己纵火，而弟弟却矢口否认。居来提就在地上倒了一瓶墨汁，让弟弟穿上一双与案发现场一样尺码的女人鞋，从墨汁上走过去。居来提拿来从案发现场提取的石膏脚印进行比对，说：你看看这两个脚印是不是一样。

弟弟还想抵赖。居来提说：你不用说什么，你听我说。你看，脚印的前脚掌好像并不是着力点，为什么会出现这样的情形呢？那只能说明一点，这是一双男人的大脚穿在一双小鞋里，脚蜷缩在鞋里，走路时，着力点是你的脚趾尖和脚后跟。乍看看不出，可是想在我的眼前蒙混过关，那你们就打错算盘了。

弟弟无奈地低下了头。审讯时，同事才弄明白，哥俩纵火之前谋划了很久，最后才想出穿女人鞋的奇招。一是想把水搅浑，把警方的视线引开，以此逃脱法律的制裁；二是即便落网，哥哥也能承担纵火犯罪的全部责任，而让弟弟逍遥法外。其实哥俩想得很巧妙，可在居来提这个足迹专家的眼睛里，这可谓弄巧成拙。

居来提的名声越来越大了，周边县市有了疑难的案子，也会请他去帮忙。在局里，在刑警大队，他是赫赫有名的足迹鉴定土专家。

可居来提不喜欢别人叫他土专家，他说：专家就是专家，不分洋专家土专家。再说，我只是有一技之长而已，需要学习的还有很多。

9号军马

骑兵，这个兵种早已不复存在了。可在库尔干边防连俗称边防一连，军马还是最主要的巡逻代步工具。边防一连守卫着吉尔吉斯斯坦与我国几百公里的边防线，巡逻一次需要三四天。巡逻路线非常崎岖，有的地方只能通过一匹马，稍不小心就有坠入万丈深渊的危险。

每一匹军马屁股上都烙着一个阿拉伯数字，9号军马屁股上烙着9，因此也就有了9号军马的称呼。9号军马是巡逻线上最稳妥的马，它的个头不算高大，但它的性情很温和，很少耍脾气，每次巡逻都少不了9号军马，骑着它巡逻从来没出过事儿。有一次巡逻，路过鹰嘴岩的路段，鹰嘴岩是整个巡逻途中最难走的一

段,路面非常窄,有一百多米长。就这一百多米长的路,可没少让巡逻的战士们吃苦头。鹰嘴岩一次只能通过一匹马,旁边是石壁,头顶凸起的石壁像鹰嘴一样,也就有了鹰嘴岩的名儿,巡逻人和马都得从鹰嘴岩下过,骑在马上直不起腰,路的下面就是一眼看不到底的山谷。鹰嘴岩已经出过几次事儿了,人和马一起落入了山谷,连尸骨都没找到。提起鹰嘴岩,大家心里都感到一阵恐惧。

　　那次,一名小战士骑着9号军马过鹰嘴岩,他偷偷地看了一眼深不见底的山谷,突然头晕目眩,一头栽下马背,幸亏缰绳缠住了他的一只手腕,9号军马也差一点被带下山谷。就在关键的时刻,9号军马把身体靠在石壁上,慢慢地抬起头,拖着那名小战士一点一点往前挪动脚步。直至走过鹰嘴岩,班长和其他战士才把那名小战士拉上来,小战士的手腕被勒出了很深的血印,他也吓得尿了裤子。再看9号军马,嘴已被勒出了血,班长抚摸着9号军马的头说:李晓宇,你的这条命多亏了9号军马,不然你就成了鹰嘴岩的又一个冤魂了。

　　之后李晓宇没事就跑到马厩里,给9号军马刷刷毛,拉出来让它多打几个滚,趁着弼马温马达帮不注意,多给9号军马加一点料。弼马温是饲养员马达帮的外号,他在边防一连一干就是十二三年,算是边防一连资格最老的。弼马温马达帮知道9号军马救过李晓宇的命,李晓宇常来看看9号军马,也算是人之常情,偷着给9号军马加一点料,他也装作没看到,人和动物都是有感情的,知恩图报也是做人的美德。

　　鹰嘴岩是新兵下到边防一连的第一课,每年新兵分到边防一连,连长和指导员都会让新兵来鹰嘴岩,讲一讲曾经发生在这里的惊心动魄的一些事儿,也是吊祭丧生于此的战友和军马。连长说:他们是为了我们祖国的安宁,为了我们的父母家人都过上太平的好日子,奉献了自己年轻的生命。同志们,向我们可敬的战友们敬礼。

指导员说:再可怕的艰难险阻,我们都要用最饱满的革命热情克服它,战胜它。困难无处不在,可是我们首先要战胜内心的恐惧,我们相信没有战胜不了的困难,没有克服不了的内心恐惧,同志们,有没有决心战胜困难,克服内心的恐惧?

新兵们异口同声地喊着:有!

从那以后,9号军马就成了边防一连的宝贝,每年分下来的新兵都有胆小的战士,连长就让他骑9号军马,而且夹在巡逻队伍的中间,这样胆大心细的战士,就可以照顾好胆小的新兵。上级首长来边防一连视察边防线,骑的也都是9号军马,因为9号军马稳妥安全。无论多么难行走的巡逻路,9号军马都走过,春夏秋冬一年四季经历着不同的危险。鹰嘴岩也不是巡逻路上唯一的危险,夏天还好,终归还有路可循,可冬天一下雪,连路都看不到,满眼茫茫的白雪,只能凭经验和对巡逻路线的熟悉度,摸索着向前巡逻。雪人的时候有齐腰深,战士们只能拽着马尾巴向前走。

在部队服役的第十个年头,9号军马退役了,虽然大家都不舍得,可是到了年限,再好的军马也得退役。退役后的9号军马,被送到了附近的农村。得到9号军马的农民,是村里的贫困户,叫司迪克,9号军马拖车拉犁都不差,那年农民运动会,9号军马还获得了赛马第一名。有了9号军马,司迪克的日子也慢慢地好起来。可是司迪克发现9号军马总好像有心事儿,动不动就用前蹄刨地,有时还会长时间嘶鸣。司迪克摸着9号军马的头说:你是不是想部队了?好,哪天我们回部队看看。

农闲下来,司迪克也没什么事儿了,骑着9号军马想去边防一连。9号军马好像知道要回部队,脚下的步子特别快,几乎是一路小跑来到了边防一连。

从边防一连回来后,9号军马更显得烦躁不安,经常嘶鸣着,好像是在呼唤着什么。一天早上,司迪克发现9号军马不见了,他知道,9号军马一定是回边防一连了。他赶到边防一连,9号军马果然在那里,司迪克想将9号军马牵回去,可是9号军马第一次发起了脾气,一会儿尥蹶子,一会儿将前蹄竖起来,谁也不敢靠近它。

边防一连的战士们骑着马去巡逻时,9号军马就跟在了后面。回来时,走到鹰嘴岩,9号军马不知怎么就掉进了山谷。有人说:9号军马老了,一脚踏空落进了山谷。

还有人说:9号军马是自己跳下去的。

老　兵

在库尔干边防连,要问谁的资格最老,连长和指导员都说是马达帮。

马达帮到底有多老呢?用连长的话说:这家伙熬走了四五任连长了,看样子等把我熬走了,他马达帮还是咱们边防连的一个老兵。十二三年的兵龄,可不是谁都能干得下来的。要是在山外,这个兵龄不算啥,可是在边防一连一干就是十几年,真是不容易呀。

用指导员的话说:这个马达帮就是我们边防一连的兵爷爷,有了他在,我和连长就省了不少事儿,我们知道的事儿他知道,我们不知道事儿他还是门儿清。把事交给他,你尽管放心,你等着听汇报就行了。每次指导员说到最后都会有这一句:哎!可惜了,要是这家伙文化高点儿,考个军校提个干,一准是一个基层连队的好干部。

马达帮就是这么一个人,话比金子还金贵,一天到晚也不多说一句话,闷着头干自己该干的事儿。连里有什么事,首先想到的就是马达帮,用起来方便放心,你把事情交给了他,就不用操心他会不会完成,完成得好不好。再难的事儿到了马达帮这儿都不是个事了,保证完成得妥妥帖帖。连长和指导员有事儿都喜欢交给马达帮,既省心又办得好。

没人喂马了,马达帮就是饲养员;炊事班缺人手了,马达帮就是炊事员;冬天营房暖气烧不热了,马达帮就去锅炉房烧锅炉,反正连里的事儿,没有他没干过的。别人烧锅炉,营房冷得像冰窖一样,马达帮一去烧锅炉,营房就热得要开窗户。

连长说:全连一百多号兵,加在一块儿顶不上一个马达帮,谁去锅炉都烧不热,你看看,马达帮一去,营房就热得要开窗户。这人就不能比,这真是人比人得死,货比货得扔。

马达帮的老家是一个很富裕的地方,要是复员回老家,说不准早就发家致富了,就凭他那股子聪明能干的劲儿,到哪里也不会比谁差了。可是马达帮就是不愿意脱下军装,就是不愿意离开部队。

有的战友说:这个马达帮是不是脑袋被驴踢了,老家的日子那么好过,偏偏在边防一连受这份罪。库尔干这地方有什么好的,除了荒凉的大山,就是遥远的托木尔雪峰,在库尔干别说女人了,就是飞过一群蚊子,也都是公的,他就在这里一待就是十几年呢。

还有人说,自愿兵有什么好当的?早晚还不得复员回老家。啥时候,把代理排长的代理二字去了,那还差不多,但他马达帮也再干不了那么多年了。哎,在这里就是给我一个连长,我也不稀罕呀。

每年回家探亲,人家都是能多待一天就多待一天,电报像雪花一样飞到连长指导员的手里,为的就是晚归队几天。可马达帮每次探亲都是提前归队。指导员说:假期还没完,你就不能在家里多待一两天,好好陪陪老婆儿子?

马达帮却嘿嘿地笑着说:看到她们母子日子过得挺好的,我就放心了。在家里待着太没意思了,像猪一样吃了睡,睡了吃,这次我又多长了几斤肉,再待下去就走不动路了。

马达帮的妻子是个乡村教师,放了暑假就带着儿子到库尔干来探亲。为了方便女同志生活起居,连长就让他们一家住在锅炉房,还特别下了一道命令,没事了,谁也不能随便往锅炉房那边跑,谁要是不遵守纪律,看不好好收拾你。因为,在边防一连只有男厕所,没有女厕所,连长怕哪个冒失鬼碰到不该看的多不好。

库尔干这地方是夏日避暑的好地方,三伏天在库尔干也感觉不到热。冬天的库尔干奇冷无比,冷风从早刮到晚,穿着皮大衣,凉飕飕的风也能钻进皮大衣,直往肉里钻。库尔干的冬天,大雪一场挨着一场下,把进山的路都封了,山下送给养的车几天上不来。连长和指导员最怕过冬天了,不巡逻不行,那么长的国境线,不巡逻心里老是不踏实。巡逻吧，又怕出事儿，一出事儿就是大事，战士不是掉进深谷里就是滚下雪坡，滚下雪坡倒不是什么大事，爬上来就行了，可是掉进深谷里，都不知道到哪里找人的尸骨。每到这个时候，马达帮就是巡逻队伍中常见的身影。每次巡逻的时候，马达帮都骑着马走在最前面，为其他战友探路，每到关键路段，他就会下马，照顾所有战友安全通过后，他才会再次上马继续前行。

马达帮终于要复员回老家了，十二三年的军旅生涯也终于要结束了。马达帮对此很伤感，领章帽徽一扯，他眼泪就滚了出来。

连长说：马达帮，你这个大老爷们儿哭什么？像个女人一样哭哭啼啼的，多让人笑话，我们是军人，军人就是要流血不流泪，你懂吗？

可是连长这样说着马达帮，自己却也流着眼泪。连长捶了一拳马达帮说：就怨你，把我的眼泪都勾出来了。

指导员说：马达帮，你永远都是库尔干边防连的一个兵，想这里了，就回来看看，我们随时都欢迎你回来，看看这里你战斗过十多年的地方，人不亲，这块土地亲。

马达帮和战友们一一握别，因为太过于激动，他用劲过猛，把好几个小战士都握疼了。

马达帮爬上汽车后，两腿并拢，昂首挺胸，敬了一个很标准的军礼，汽车就开动了。他的视线再次模糊了，他对着库尔干的群山喊着：库尔干边防连，我会回来的。

连长和指导员站在营房大门前，望着远去的汽车。连长说：真是太可惜了，我们少了一个得力干将。

指导员说：是啊，铁打的营盘流水的兵。

上昆仑

赵青汶已经不止一次开车上昆仑山了。往昆仑山上拉物资,是汽车连每年都必须做的事。上昆仑山,开车的技术都要一等一地好,没两把刷子,连长是不会让你开车冒这险的。

赵青汶当兵就是奔着汽车兵来的,他从小就喜欢汽车、飞机、轮船这些东西,梦想着开车时的神气劲儿。那年,一听说是来招汽车兵的,便迫不及待地报了名,体检通过,他就顺利地来到南疆当兵了。为了练好驾驶技术,赵青汶在部队学习很刻苦,晚上做梦都是开车的那些事儿。很快,他成了汽车连里的佼佼者,也由此,当兵的第一年他就被提拔为副班长。

上昆仑山不是什么人都可以上的,在汽车连这是一件非常光荣的使命。能被连长挑上上昆仑山,那得靠手里这驾驶技术。上昆仑山的路全是冰达坂(冰峰雪山),防滑链子有时还不管用。很多路段都是胳膊肘子弯,稍有不慎就会有车毁人亡的危险。上昆仑山不仅要有一等一的驾驶技术,还要胆大心细反应机灵,遇到紧急情况能够处变不惊。这些话说起来简单,可是真到了跟前没有几个不慌乱的。赵青汶在这方面好像天生就有临危不乱的潜质,再危险的路段,他都能冷静处置。

赵青汶第一次上昆仑山,副驾驶上坐着刘排长。他知道刘排长是专门来考验他驾驶技术的,如果这趟下来没问题,这辆车就交给他开了。刘排长是汽车连有名的技术尖子,特别是在驾驶上,再困难的路都难不倒他。刘排长转业了,那辆车就交给了赵青汶开。

上昆仑山必须要有几个技术过硬的驾驶员,不然连长心里就不踏实。上昆仑山每辆车上都有正副驾驶,驾驶技术好的掌方向盘,稍微差一点的就坐在副驾驶上感受上昆仑山的路,需要跟几次才能掌握方向盘。其实汽车连里,谁的驾驶技术都不差,就看关键的时候能不能处理好出现的突发状况。

连长提前一个星期通知全连检修车辆,又要上昆仑山了。连长最怕上昆仑山时车辆趴窝抛锚,要是小问题还好说,修理一下就继续上路,可是碰到大问题就麻烦了,到哪儿找配件?到哪儿找人给你修?连长开会的时候说:把车都给我收拾利索一点,别一上阵就拉稀,能换的换,千万不能糊弄,上昆仑山可不是和你闹着玩的。我把丑话说在前面,谁趴窝抛锚谁就当团长(蹲守看车)守着。

出发之前,赵青汶心里就不踏实,总觉得哪里不对劲儿,他检查了很多遍也没发现什么问题。车队如期出发了,可他心里总是打鼓,就对副驾驶上的小宋说:哎!这次出车感觉不好,心里老是怦怦地跳,总感觉要出什么事儿。小宋,你来开。

小宋望着赵青汶说:连长看到了,恐怕要刮我的胡子(批评,训斥)。

赵青汶说:没关系,连长看到,我给他解释。

头两天都没啥事儿,车队一直很顺当地向前进发着。第三天,在过一个不大的小冰坎时,只听砰的一声,车子就不动了。车队停了下来,赵青汶下车一检查才发现,是右边的半轴断了。拔下半轴一看,已经有一半之前断裂的痕迹,他一拍脑袋说:他奶奶的,原来是这里出了问题。没办法,半轴断了不能走了,只能等修理连派人急救。

赵青汶说:连长你带着其他车先走,修理连把半轴送来,我换上再追你们。

嗯,也只能这样办了。连长说:尽快跟上来,我们在前面的兵站等你。

当时,连长想把和赵青汶一个车的小宋留下,两个人终归有个说话的。可是赵青汶坚持让小宋先走,自己留下来当团长。连长笑着说:好吧,不当一次团长,就不知道当团长是啥滋味。快点跟上来,我们在前面的兵站等你。

连长带着车队上路了,这时赵青汶才发觉昆仑山寒风刺骨。他把皮大衣紧紧地裹在身上,可还是冷得直打寒战,他就在地上跑步,增加运动量,使身体发热。白天还好忍受,可是夜色降临,昆仑山的气温急剧下降,跑步也解决不了问题了。他爬到驾驶室里,可还是冷得打哆嗦。他在车里找了一些破抹布破手套,下车点着之后,感觉身体暖和一点了,可就那点东西一会儿就烧完了。垫千斤顶的枕木也烧光了,车座包也都烧了,可是天还是黑咕隆咚的,火一熄灭,呼呼猛吹的寒风,更让赵青汶冷得直打哆嗦。赵青汶躲在背风的车子后面,刺骨的寒风还是瞅着缝儿往皮大衣里钻。他突然碰到悬在车厢下的备胎,管不了那么多了,先保住命再说。他卸下了备胎点着,总算度过了第一夜。第二天晚上,修理连急救的人还没到,寒冷每分每秒都在侵袭着他。他又把后轮胎卸下来一个,他也豁出去了,回去受处分还是复员回家他都认了。

第三天、第四天又过去了,饿了,他就上车搬下一桶压缩饼干,渴了就吃把雪。熬到第五天时,连长带着车队返回来了,一看赵青汶被熏得就像下煤窑的。连长故意沉下脸说:好小子,你把一台车整成这样,看我回去不处分你。

连长,我要是不烧轮胎,你们现在见到的就是我的尸首了。赵青汶苦着脸说。

连长看着赵青汶,刚刚故意绷着的脸一下露出了笑容,拍着他的肩膀说:小子,你行,能保住自己的性命就是大功一件,回去我记你一功。

我不想立什么功,只要不处分我,我就满足了,一辆车算上备胎七个轮胎,我给烧了五个,国家的财产就这么被我给毁了,处分我,我也没怨言。

傻小子,连长说,几个轮胎算什么,保住你自己的性命就是大功一件。

赵青汶疑惑地问:真的?连长?

真的,连长说,轮胎没了,还可以再买,人没了,就没有复活的机会了。

17 号兵站

17 号兵站是昆仑山最远的一个兵站。

其实,叫兵站有点儿言过其实,这只不过是一个大院子里有一排五六间的房子,从外表看根本看不出和部队有什么关系。兵

站由一对老夫妻看管着，来往的车辆也并不多，有时几天也见不到一辆车，偶尔来一辆军车吃点饭又匆匆上路了。17号兵站平时一般是不对外的，再往前就是两个哨所了，也是昆仑山最远的两个哨所。其实，17号兵站，是专门为这两个哨所储运物资和哨所换防服务的，只有军队车辆路过这里才会停下来打个尖儿，有时住上一宿，第二天就走了。这里没有货物要拉，地方的车也就不会跑到这里来。

17号兵站住着一对老夫妻，没人记得这对老夫妻在这里已经多少年了，大家只记得他叫老罗，也都这样叫，反正就是一个称呼，老罗也不在乎别人叫他什么。他的老伴儿，大家都管她叫嫂子，不管多大岁数的都这样叫。这也是部队的传统，叫嫂子感觉特别亲切。据说，老罗和老伴儿在17号兵站干了二十多年了，他这辈子就和当兵的打交道，很少接触外面的人。没有军车来的时候，17号兵站显得很静，只有风声和吹起雪粒的声音。老罗的孩子都在城里面工作，生活条件也都很不错，一直想接他们到城里安享晚年，可是老罗说啥都不去，他说：城里面太吵了，一天到晚耳根子都不清净，吵得人心烦。在17号兵站多好，安安静静的，来辆车忙活一阵子就没事了。

老罗喜欢清净，有时一天也不说一句话，老伴儿嘟囔一天，他也不接一句话茬。他每天都会把大院子打扫一遍，把那些油桶什么的都归置好，把库房里的东西整理整齐，来了车要什么，他闭着眼睛也能摸到。

只要来17号兵站的车子，进大院子都要按一两下喇叭，老罗喜欢这声音，车子一停下来，当兵的司机就喊：老罗，给你捎来大米、白面、清油了，还有一些蔬菜和肉，还有一壶酒。这是老罗最喜欢听到的话,他喜欢晚上喝两杯,有没有下酒菜都无所谓,几杯烧酒一下肚,眼皮子就发沉,往床上一倒就睡了,衣服都不用脱。老罗一听又捎来酒了,两只眼睛都眯成了一条缝,乐呵呵地说:嗯,好呀,卸下来吧。你们今天是住下呢还是吃了就走?住下,我就去把房间的炉子生着,把房间烧得热乎一点,晚上不受罪。

来的车辆一般没什么急事儿都会住上一晚上,老罗还会整两三个小菜喝几杯。春夏秋冬四季,不管哪个季节来17号兵站,要住下就得生炉子。

每年老伴儿都要到孩子家住一段日子,17号兵站就剩老罗一个人了。老罗喜欢一人的日子,他嫌老伴儿一天到晚像个碎嘴的麻雀,总有说不完的话。说真的,老罗最怕大雪封山的日子,他倒不怕自己会怎么着,他怕听到上昆仑山的车出事。上昆仑山可不是开玩笑的事儿,冰天雪地的,雪厚路滑,稍有不注意就有可能出大事故。老罗在17号兵站听到了不少这样的消息,每次一下大雪,他的心里就暗暗捏一把汗。大雪过后有车来,他就会问:没事吧?这次还顺利吧?路上要小心一点,安全第一。

有一次,大雪过后十几天没上来一辆车,老罗每天都站在17号兵站大门口张望,终于看到一辆汽车开过来了。他的心刚落地,车已经到他身前了,他这才发现不是一辆军车,而是一辆地方的汽车,开车的是两个老百姓。他不知道地方车怎么跑到这里来了。一问才知道,这两人本来想去西藏阿里地区,却跑错了方向,跑到了17号兵站,现在想往回走,天色已经晚了,想在17号兵站住一宿,第二天再走。老罗留下了他俩,可不知为什么,他老觉得这两个人哪里不对劲儿,眼神好像总有躲闪的感觉。

老罗边做饭边观察这两个不速之客。那两个人也在有意无意地观察周围的环境,这让老罗心里更起疑,他们在观察什么呢?他们想干什么?不管你们想干什么,只要你们敢在17号兵站找事儿,你看我老罗怎么收拾你。

吃过饭,老罗安排这两个人住下,他悄悄从床底下拽出一个皮箱子,从里面拿出一把冲锋枪,把弹夹子上好,拉开枪栓,就趴在窗户上观察那两个家伙睡觉的房间,上半夜一直没动静。瞌睡一阵阵袭来,老罗打了一个哈欠,使劲眨巴眨巴眼睛,又在自己大腿上拧了一把,才又瞪大了眼睛望着窗外。

那两个家伙睡觉房间的房门轻轻地打开了,两个鬼鬼祟祟的身影走了出来,他们奔着库房蹑手蹑脚地走过去,随后撬开了库房门锁。他们刚从库房里面抱着东西出来,就见到了大院子中间站着的老罗。老罗说:我就看你们不是什么好东西,军用物资你们也敢偷,真是胆大。把东西放回去,现在就滚蛋,我认识你,我手里的家伙可不认识你。

两个人一看抱着冲锋枪的老罗吓了一跳,一个故作镇定地说:老头儿,这些东西又不是你家的。另一个说:你少拿那个破东西吓唬我们,我想,肯定没有子弹吧。这两个家伙慢慢地向老罗靠近。老罗枪口朝下扣动扳机,一个小点射,三发子弹把地面打得火星四溅。

老头儿,后面有人。两个家伙故意想分散老罗的注意力,喊道。

老罗假装扭了一下头,两个家伙猛地扑了上来,也就在这时,老罗的枪响了,两个人的腿部中枪,扑通一声跪在地上。

送到公安机关才知道,这两个家伙就是奔着库房里的军用物资来的。他们也知道17号兵站只有一对老夫妻。老罗说:再狡猾的狐狸也斗不过好猎人。

昆仑兵

老尚上过昆仑山,所以老尚为此也特别自豪。他总是对现在的同事说:我们那时候在昆仑山真是太苦了,一年四季冰天雪地的不说,连多一口氧气都呼吸不上,煮一锅面条也是生的,哎呀!那日子,简直不是人过的。每个人的脸蛋都像猴子屁股,这是我们昆仑山人的标志,打老远一看,就知道上过昆仑山,那真是名副其实的红二团。

老尚说这话的时候已经退休了,他打算抽时间再回老部队看看。老伴儿说:我看你这辈子就离不开昆仑山了,张嘴闭嘴都是昆仑山,昆仑山那么苦,你还天天念叨在嘴上,这还要去一趟,我看你还是苦没受够。老伴儿边收拾沙发边说:年龄不小了,一个高原反应就能要了你的老命,我看你呀,还是消停点吧,我可不想老了还得再谈一次恋爱。

四十年前,老尚还是个毛头小子,那时候当兵是很时髦的事儿,老尚还是小尚时,就穿上了绿军装,来到了新疆南疆军区当兵。新兵连三个月训练一结束,他被就分到了昆仑山红其拉甫边防哨所。那时,他才知道当兵没他想象得那么美好。刚上昆仑山时,他的脑袋总是晕得不得了,还总有想呕吐的感觉,紧走几步就会喘得不得了。来红其拉甫边防哨所的第一天,连长就说了,在昆仑山当兵,是你一生最荣耀的事情,也是你这辈子最难忘的回

忆。等你们复员了,到了地方上工作,没有你克服不了的困难。老尚当时就想,难什么忘呀,回什么忆呀,就是一辈子不来,也不会想这个鬼地方。

头晕脑涨也就罢了,上高原这是很难免的。可是,连一顿饱饭都吃不上,一锅面条从来没煮熟过,蒸一锅馒头也是半生半熟。这倒怨不了炊事班,高原就是这样,烧壶水到八十摄氏度就开了。在昆仑山,面条也煮不熟,吃得他每天拉肚子。就这样还算好的,有的战士低烧不止,有的甚至胸积水,整天卧在床上。现在老尚一想起那时候就说:那时候边防部队生活条件太差了,煮面条都得用高压锅,就这还是生的。现在不知道昆仑山上的部队生活条件好一点没有。

听老伴儿这么一说,他也有一些犹豫,高原反应年轻人都受不了,何况他已经是一个老头子了,万一出点啥事儿,真是对不起老伴儿和孩子了。这人不能活得太自私了,你的死活倒无所谓,给家人朋友带来痛苦就不应该了。可他就是放不下这个想法,他决定今年七八月份还是去一趟昆仑山,到自己曾经战斗过的老部队看看。看什么呢?他也不知道,可这个想法在他的心里已有很多年了。虽然那里一年四季冰天雪地,也没什么好看的,可就是想回去看看。

在昆仑山当了三年兵,老尚是掰着指头过来的。从上昆仑山那天开始,他就一门儿心思地想着复员。他实在受不了那种单调的日子,每天除了站岗巡逻面对白雪皑皑的大山,就是想着多呼吸点儿氧气,不敢动不敢跑,脸是青的,嘴唇是紫的,一层皮脱了又起一层,高原紫外线把每个人的脸都辐射成了猴子屁股。连长还常说,看你们这些年轻人,一天到晚像乌龟一样,慢慢腾腾的,一点儿年轻人的活力都没有,你们还像个军人吗?

连长当然希望每个兵都生龙活虎,可是谁也不敢剧烈地运动。连长是个老昆仑了,他从当兵起就在昆仑山,到提干也没有离开过昆仑山,他已经喜欢高原的气候了,根本看不出高原对他的影响,跑起来像个兔子,特别快。老尚当兵第三年,快复员的时候,连长和指导员都找过他谈话,想让他入党提干,可是老尚说:我不是不想入党提干,可我实在受不了稀薄的空气,整天脑袋像木头一样,心都快憋炸了。老尚望着连长和指导员有些不好意思地说:我只想早一天复员回家,过自己的小日子。

指导员还想说奉献精神呀什么的,连长说:算了,昆仑山不是什么人都能待得下去的地方,我不说你尚庆辉,这里条件确实艰苦,连多呼吸一口空气都不是一件容易的事,哎!好吧,到地方好好工作,相信你不会忘记昆仑山,不会忘记这段当兵的经历。

复员回家的老尚,终于不再活得那么费劲儿了,再也不用受这份活不起死不起的罪了。可是随着年纪的增长,他越来越怀念当兵三年的日子,具体有什么怀念的,他也说不上来,老伴儿听到最多的,就是他在昆仑山当兵条件有多么苦。苦还想着回去看,真不知他想看什么。要是在城里,她一准会想老尚是去看老相好的,可是昆仑山哪有女人。老伴儿知道老尚的脾气,说一不二,这也是在昆仑山当兵养成的毛病,在工作单位上班也是这样,得罪了不少人,到了退休才混个正科级。老伴儿常对老尚说:真是不容易呀,退休了还混了个正科级,要是我是你的领导,副科都不给你。单位里谁像你说话,从不拐个弯儿,真是小胡同里撵猪——直来直去,都像你那么正直就好了,社会上就没有那些乱七八糟的事儿了。

老尚挑在七八月份去昆仑山,他知道这个时间的昆仑山气温最好。他看了看老伴儿给他收拾的上昆仑山的东西。他说:那件皮大衣呢?没有皮大衣上了昆仑山还不得冻死。

老伴儿说:这七八月份热死人,穿什么皮大衣?

老尚说:你当昆仑山是我们这里,热得喘不过来气?我当兵的时候,一年四季穿着棉衣棉裤,站岗巡逻还得套着皮大衣,不然非冻死你不可。

冻死你,老伴儿说,我又没有在昆仑山当兵,冻不着我。

没有我们昆仑兵,哪有你们的太平日子。老尚自己嘟囔着,你也要出门儿?

是呀。老伴儿说。

你去哪儿?老尚问。

你去哪儿我就去哪儿。老伴儿说。

你去昆仑山干吗?你又没有在那里当过兵!老尚不解地说。

听你念叨一辈子昆仑山了,我也要去看看,看看昆仑山到底有什么让你念念不忘的。

我看你是疯了。老尚说,昆仑山没什么好看的,除了雪就是白茫茫的大山。

你不让我去,你也不能去。老伴儿说。

好好好,一起去。

第四辑

兵团旧事

躲不开的目光

老乔总觉得有一双眼睛在注视着他,他的一举一动都逃不过那双眼睛投来的目光,有时他甚至觉得自己就像在照 X 光片,一切都被那目光一览无余。在这目光下,他没有了自由,他把连队里的工作当成自己家里事来干,可还是有一种芒刺在背的感觉。

这种滋味不好受,他讨厌这幽灵一般的目光,躲不开绕不过去。老乔总想把这双眼睛找出来,看看他到底是谁,干吗老是用挑剔的目光盯着他。在工作上只要他有一点点懈怠,那双眼睛就好像在说:老乔,打起精神来,不要一天到晚萎靡不振,让干部职工看到了像什么样子?我们要像在战争年代一样,始终保持着饱满的革命热情。

是呀,他从南泥湾来到天山南北,现在又来到了塔里木盆地北缘,枪林弹雨一路走来,有过多少难忘的回忆,又有多少值得怀念的过去。解放大西北的解放大军,以万钧雷霆之势,击溃了顽固的国民党守军,剿灭了戈壁深处的马匪,可以说是经历了生死考验的,什么时候像今天这样,开荒种地过起了太平日子?仗总有打完的时候,刀枪入库马放南山这是迟早的事。他曾想过,仗打完了,自己干什么去呢?那时,他想回山东老家,老婆孩子热炕头多好呀,人活一辈子图个啥呀?不就是过几天清净的日子,有人疼,也有自己疼的人,就已经很满足了。

自从有了这些想法以后,他就盼着战争早一天结束,回老家过几天太平日子。出来很多年了,父母年岁大了,孩子也都大了,都需要他这个一家之主。可是哪承想,一声令下他们这些扛枪打仗的老兵,就成了新疆建设兵团的军垦战士。既然做了军垦战士,也没啥好说的,就得服从组织安排。他请了一个月的假,回老家把老婆孩子全都接来了。父母说啥都不来,父亲说:叶落归根,都这把年纪了,我可不想把一把老骨头扔在了新疆。他没有强迫父母和自己一起来,反正有大哥二哥,每年多给父母寄点钱就行了。

在生产建设兵团中,连长这个职务看起来很小,当连长的就像牛毛一样多,可却是生产建设兵团最基层一级的领导。自从当上这个连长以来,他就觉得总有一双眼睛在注视着他,他不敢有一点非分之想。他想曾把食堂的一张饭桌搬回家去,这样老婆孩子吃饭就不用蹲着了。他刚有这个想法,就好像有一双眼睛看着他,那眼神很锐利,好像要钻进他的心里,把他心里那点儿见不了阳光的东西,都袒露在阳光之下。那目光还有一种嘲弄的感觉,好像在笑他以权谋私,也好像在说:老乔,这点东西你都看在眼里了?别忘了,你是一名经历过战火考验的老兵。老乔心里别说有多气了,他在心里嘀咕着:这个鬼东西,你老是盯着我干吗?我不就是这么一想吗?也没把那张桌子拿回家呀。

老乔升任团副政委了,求他办事的人也多了。来人总是不空手,有的带几个瓜果梨枣来,有的带点儿自己家种的土特产。不收吧,总好像自己当官了不讲情面,人家一番好意怎么能拒绝呢!可是他一有收的意思,他就看到那目光。这个该死的目光,什么时候也跟着来了呢!简直是阴魂不散呀!老乔恼了,你既然时时刻刻盯着我,我也干干脆脆来个黑脸不讲情面了,他拿起毛笔和纸,写道:带礼物者一律禁止入内。一张贴在家里的大门上,一张

贴在办公室的门上。他的举动一时之间成了团里的笑谈。有人说：是不是我们这位副政委想出风头，捞一把政治资本，为自己以后晋升做铺垫呢？

还有人说：老乔这家伙想钱都想疯了，应该是"不带礼物者一律禁止入内"，这叫作正话反听，反话正听。官不打送礼的，我就不信他老乔有那么大的能耐，不收任何人的礼。

了解老乔的人就说：老乔这人我了解，是个好官，他说不收礼就一定不收。

几个人争执不下去，竟然打起赌来了，说：如果老乔收了，我请你们喝酒，如果不收呢？

那几个不相信的人说：不收，我们请你喝酒。

赌打了，有人就提着两只鸡敲响老乔的家门，可是老乔老伴一见来人提着礼物，就说啥也不让进。她指着大门上的字说：你没看到这个吗？我要是收了，就得从这家里滚出去，你想让我从这个家里滚出去吗？不想，就赶紧拿着东西走。

礼没送进去，要输了的人请酒。可是输了的人说：这是他老婆没收，谁知道他本人收不收。

第二天，有人又带着两条烟到老乔的办公室，可是直接被老乔轰了出来。

团长和政委也知道了此事，就到他的办公室说：老乔呀，你这是搞什么名堂？

老乔就讲了有一双盯着他的眼睛的事。团长和政委都哈哈地笑了起来。政委说：老乔，你这是不是有一点儿迷信呀？说起来挺吓人的，平白无故就有一双眼睛盯着，太可怕了。

只要我不动歪心思，就没有这种感觉。老乔说。

团长说：不过挺好的，如果我们都有一双眼睛盯着，就不会犯错误了。

老乔退休后,那双眼睛再也没有出现过。老乔终于松了一口气。

弹　片

想起战火纷飞的年代,老卢就会想起很多熟悉的面孔。可是他们在一场场战斗中牺牲了,他们没过一天好日子,也没有看到今天的好生活。想到这些,他就会忍不住眼里的泪水,特别是喝酒的时候,他总要多摆几个酒杯子,用他的话说,这是和那些死去的老兄弟们喝一杯,和那些老兄弟们说说话,讲讲他现在像火炭一样红的日子。老卢喝着喝着就哭了。他有时候想,如果脑袋里的那块弹片再偏一毫米,他就和那些老战友们相聚地下了。

老卢的老伴是团长介绍的。除了十几岁的年龄差距,还有文化教育上的差距。老卢没上过一天学,而老伴是地地道道的高中生。老卢第一次见到老伴,就觉得不合适,细皮嫩肉的能干啥呀?就像家里的一个摆设,管看不管用。团长就指着他鼻子说:老卢,你别给老子装大瓣蒜,你还拿捏起来了,要不是我和政委苦口婆心地劝说,人家姑娘能嫁给你?赶紧回去把婚事办了,来年给我们兵团生个下一代。

老卢扭扭捏捏地说:这是你们逼的,可不是我非得赖人家姑娘的。

你打仗是一把好手,可居家过日子你就不一定行了。政委在

一旁说,别拿没文化当优点,现在是和平年代了,娶老婆生孩子,就是我们现在的首要任务。

老卢觉得政委就是有水平,说话从来不带脏字儿,总是把很平常的一件事儿上升到政治层面,不像团长,一开口就老子长老子短,全团人都像他儿子一样,谁不听话,团长就会举起马鞭要打人。可是在团里,老卢心里最明白,没有不服团长的。团长就是这个团的大家长。在战争年代,团长是有名的尖刀连的连长,没有他打不下来的炮楼,没有他攻不下来的阵地,只要他们尖刀连一出马,连长的大嗓门一声吼,他们个个都像下山猛虎一样,冲锋陷阵,夺城掠地,真是太过瘾了。现在领章帽徽一拔,就变成生产建设兵团了。军垦战士算什么,老卢挺讨厌这样的生活,没仗打了不说,还整天扛着坎土曼(锄头)开荒种地。

在团里,想娶老婆的人眼睛都红了,可是分来的女兵就那么几个,僧多粥少。其实,老卢也想。可他没想到团长给他介绍个女学生,人家细皮嫩肉的,咋能看上他呢!老卢知道这些女孩子都是想当女兵的,可是来了就嫁给了他们这些年纪一大把的老兵。老卢早就想好了,如果战争结束了,他还没死,能娶个女人会生孩儿就行了,他知道脑袋里的那块没有拿出来的弹片会要了他的命。别人不知道,他自己心里太明白了,每次疼起来,简直钻心刻骨地疼,打滚、撞墙、折腾得他死去活来,他甚至想拿把刀把脑袋劈开取出那块弹片。

医生说,恐怕这块弹片要伴随你一辈子了。医生不让他干重体力活儿,怕震荡,脑袋里的弹片会伤到神经组织,后果不堪设想。

那时的老卢心想,不就是一块弹片吗!不就是个死吗!他才不怕呢!战场上死都死了好几回了,我还会怕一块弹片!谁知道,这块弹片时常找他的麻烦,不疼的时候他就和没事人一样,可一疼起来,他才知道这块弹片的厉害,他有时候觉得还不如死了算了。

团长让他当连长,他脑袋摇得像拨浪鼓,又快又猛。团长笑着问:你脑袋不疼了?

别拿我逗开心了,团长,老卢说,我可干不了连长这活儿。

那你头疼的毛病也干不了体力活呀!团长说。

开不了荒,我还干不了那些用不了力气的活儿?老卢说,团长,你就别老惦记我头疼的事儿了,疼了,我就歇几天,不疼了,我能干点儿什么就干点儿什么。

老卢看着年轻漂亮的老伴,有时觉得自己还是比较幸运的,最起码他现在还活着,老婆有了,孩子也有了。与那些长眠九泉之下的战友们相比,他实在太幸运了。他端起酒杯,和对面的一个杯子碰了一下,说:老胡,咱哥俩喝一杯。他哧溜一口喝下去,接着说,你呀,一打仗你就爱骂人,你说,谁要是背后挨了枪,到了地下也别见你这个班长,你怕丢人。你说说,老胡,咱们九班有孬种吗?个个不都像小老虎一样嘛。

老卢知道团长和政委为他没少费心思。他不知道用了啥妖招儿,让老伴儿服服帖帖伺候他这么多年,还为他生了三个儿子两个女儿。他总想问问老伴儿,人家不少姑娘哭鼻子抹眼泪地嫁了,为啥你就心甘情愿地嫁给了我呢?

老伴儿叹了一口气说:你脑子里的弹片。

什么?老卢不相信地盯着老伴儿问。

你脑子里的弹片。老伴儿说:团长说,你脑子里有一块黄豆粒儿那么大的弹片,需要有一个人照顾你的生活,问我愿不愿意,为革命功臣牺牲一点个人利益。我犹豫了。团长给我讲了很多你的战斗故事。我想,嫁给一个真正的军人,也是我的荣誉。

老卢端起酒杯和对面的酒杯碰了一下说:老胡,来,干一杯。

喝着喝着,老卢就觉得嘴里面有一块黄豆粒儿大的东西。他伸手从嘴里拿出一块弹片,在衣服上擦了擦,又放舌头上舔了舔,凉丝丝的感觉,渗透着战争的味道。

看到忙里忙外的老伴儿,他把那块弹片悄悄地藏了起来。

伤 疤

当大家都在举着坎土曼(锄头)开荒的时候,朱二牛躺在一棵胡杨树下看蚂蚁上树,看累了,他就追着胡杨树影子睡上一会儿。连里人都不敢惹他,人家是特级战斗英雄,就连兵团司令、师长都得敬他三分。连长说:日他个娘,朱二牛就是我亲爷爷,我管他,非挨他一顿批不可。

可有人就是不服,叨叨咕咕地说:咋的,他朱二牛打过仗,我们也不是战场上的逃兵,凭啥他能歇着,我们就不能?

连长实在没办法了,走过来说:二牛,歇够了吧?起来干一会儿,累了,再歇。

朱二牛抬起眼皮子,瞄了一眼连长,很不耐烦地挥了一下手:去去去,新兵蛋子,你敢管老子,你信不信老子打得你满地找牙?别有点文化就不知道自己是谁了,你那个破连长,给老子老子还不稀得要呢。老子当兵打仗那会儿,你在哪儿呢?

得,二牛大爷,我惹不起你,总有人治得了你。连长起身就走了。

朱二牛不是别人,是团里有名的爆破手,是二军赫赫有名的特级英雄。再隐蔽的碉堡暗堡,再猛烈的交叉火力网,只要朱二牛想炸,没有他炸不掉的,轰隆一声,敌人的碉堡就飞上了天。爆破组九死一生,能活下来的人真不多。而朱二牛就是个例外,每次他都抱着必死的决心去了,可他每次又都回来了。虽然身上有二十几处伤,可他还是像一头健壮的牛。在他的心里,当兵就是冲锋陷阵,跑到这里开荒种地,还不如回家伺候爹娘了。

别说连长不敢惹他,就是营长也比他晚参军半年。营长早就说了,朱二牛的事儿,你别来找我,找我也白搭,我可管不了这个活阎王。这样一来,连长更不敢管他了。可是,人家都在抡着坎土曼开荒,朱二牛却躺在一边睡觉,或者看蚂蚁上树。其他人早就对朱二牛有意见了,大家都是冒着枪林弹雨过来的,你能炸碉堡,别人也没躺着,冲锋陷阵,咱们也不是孬种。

连长实在禁不住大家的牢骚话了,就过来想让朱二牛装模作样干点儿,把大家的嘴堵上就完了,谁知道,他才说了一句话,就遭到他迫击炮似的攻击。营长也管不了朱二牛,怎么办?连长就去找团长,团长一听连长汇报,拍着桌子就说:你回去,让朱二牛到我这儿来一趟。我就不信这个邪,他朱二牛长了三头六臂了?

团长是和朱二牛一起参军的战友,对他太了解了。朱二牛在爆破上实在是个奇才,他的一颗手榴弹就能甩到敌人的机枪眼里。说真的,炸掉一个碉堡一个火力点,要少死多少人。朱二牛立的战功多了,可是,他实在不是个当领导的料儿,让他当个爆破组长,他只知道自己怎么炸掉一个个碉堡,却不知道怎么安排其他战士协同作战。和他同时当兵的团长,从排长升到现在的团长,可他还是一个大头兵。在朱二牛心里,团长就是打他,他也是心甘情愿的。在团里,要问谁能管住朱二牛,也只有团长了。

朱二牛到了团部不进去,蹲在团部大门口看过往的行人,认识他的就喊:二牛,蹲在这里干什么呢?团长是不是请你吃红烧肉?

朱二牛乐呵呵地说:等团长刮胡子(批评)呢。

团长的警卫员几次跑来请他进去。朱二牛说:我才不进去,团长想打我,我跑都没地方。

团长忙完了手里的工作,走出来,看到朱二牛蹲在团部大门口的样子,可笑又可气,说:怎么,架子还真不小啊,请了几次都请不动,我这个团长算是白当了。

我怕你打我,没地方躲。朱二牛说。

哟呵,哪个人吃了熊心豹子胆了,敢打我们二军赫赫有名的特级英雄?团长说。

朱二牛脸红脖子粗地说:团长,你说话不要放屁带沙子,我听得出来你是在骂我呢。

本来就是嘛,我们二军有几个特级英雄?团长说。

这话我听得不顺耳。朱二牛把脸往旁边一扭。

嗯,不错嘛,还听得出这话不中听。团长说,你不是凭着老资格和战功,称王称霸吗?

哪个王八羔子说的?我什么时候称王称霸了?朱二牛一下子跳了起来,瞪着眼睛说:肯定是那个新兵蛋子连长跑到你这儿来告黑状,等我回去非打得他满地找牙不可。

这还不叫称王称霸叫什么?团长指着朱二牛说。

朱二牛这才发觉自己说错了话,笑着说:团长,你知道我是个啥脾气,我就是说说而已。

走吧,我这个团长亲自请你进去,咱们老战友也有很长时间没好好聊了。

进了团长办公室,团长对警卫员说:去,给伙房说一声,中午加两道硬菜,我要和老战友喝两杯。做好了送到我的办公室来。

团长和朱二牛边说着话边一杯一杯地碰着。

二牛呀,咱们都是经过多年战斗考验的老兵了,团长说,不能拿过去的战功当资本,老子天下第一的思想不能有。二牛,谁的话也听不进去不行,你懂吗?二牛。

朱二牛说:懂。

现在是和平年代了,大西北需要我们,祖国边疆建设需要我们。团长说:我们是不是也该出一份力尽一份心,把大西北建设得美丽富饶?

朱二牛一把抓住团长的手说:团长,你听我说。

团长说:我听着呢。

人家一张嘴就说,朱二牛是什么特级英雄。英雄,那是昨天的,对我来说是历史。

团长拍了一下朱二牛的肩膀说:对,是历史。

我一听到别人这么说,我心里就难受。朱二牛说,好像我朱二牛躺在功劳簿上了。这些话就像一颗颗子弹穿过我的心,在我的心里留下很多伤疤,想起来,就疼得要死要活。

团长说:好吧,咱们从现在开始忘掉伤疤。

朱二牛说:团长,把我调到没人认识我的连队吧,我不想老是被人揭伤疤。

团长说:好,明天你就去新组建的民族连当副连长。

朱二牛说:我不当副连长,只要没人叫我英雄,我就给你干个样出来。

有一种伤疤是身体之外的,有一种伤疤在我们的心里。

妹妹找哥泪花流

山花二十三岁那年,村里的姑娘孩子都满地跑了,可山花还待字闺中。村里人都知道山花在等良房桂,这一等就是五六年,就是没有一点二良哥的消息。

那年,十七岁的山花和良房桂定了亲,本想着过两三年就完婚。可是国民党的军队一败再败,不知逃向了哪里。解放军来时,号召年轻人去参军,山花就亲自送二良哥去参军。新中国成立了,可二良哥却没有一点消息。有人说,二良子光荣了,山花就是不信,和二良哥一起参军的后生,不少都回来了,就是没回来的人,部队也会送来一块烈士的牌子,也算让家人知道确切的消息了。

山花忙完家里的农活儿,就到处去打听。和二良哥一起参军回来的战友,有的说二良哥去了大西南,也有人说二良哥去了大西北,还有人说二良哥去了新疆。山花回到家还是很高兴,总算有了二良哥的消息。她对父母说:爹妈,我要去找二良哥。爹说:你二良哥具体在什么地方?去找也得有个准确的地址吧。可山花还是收拾收拾就走了,为了出行安全和方便,她把自己打扮成男人,头发也剪得很短。她边走边问,边问边走,爬火车坐汽车,实在没有车了就步行。有一次,她爬上一列运煤的火车,差一点没把她冻死。风餐露宿,日夜兼程,一晃就几个月过去了,衣服裤子都破了,鞋也磨穿了底,能缝的她就自己缝缝,不能缝的就扔了。这时的山花已经完全是乞丐的模样了。出来时带的那点钱也花光了,她只能沿街乞讨,露宿街头,可是山花从没放弃寻找二良哥的念头。

有好心人劝山花,孩子,别太傻了,连个地址都没有,你到哪里去找呀,再说,良房桂如果还在世会找你的,回家吧,孩子。可是山花谢过了好心的人,又踏上了寻找的漫漫长途。日子依然照常地日升日落,可是二良哥到底在哪儿?山花的希望好像越来越渺茫。她听二良哥的一个战友说,二良哥最有可能去了新疆,山花就一直向西。走了一年,山花才来到乌鲁木齐。

山花找到新疆军分区,可是守卫的战士不让她进,她就说自己是来找二良哥的。山花一再重复良房桂的名字和二良哥在哪里参的军。站岗的说:要是从山东来的那批,可能已经被划拨到新疆生产建设兵团了,你可以到兵团司令部去看看。

山花又来到了新疆生产建设兵团司令部,兵团司令部也有站岗的,还是不让她进。她还想像在新疆军分区那样软磨硬泡。站岗的根据山花说的情况,想了想说:良房桂这个名字我没听说过,但是山东的那批兵,好像已经开赴阿克苏了。我看,你到阿克苏去找吧。

可山花哪里知道,乌鲁木齐距离阿克苏还有一千多公里。三个月后,山花终于到了阿克苏。山花在街上见了汉族人就问,特别是见到穿军装的。那天,山花看到一个汉族人迎面走来,她就迎过去问。那人听了山花的话,想了想,念叨着说:良房桂这人我好像听说过,好像是个很勇猛的战斗英雄。现在这人具体在哪儿我也不清楚。那个人就把山花带到了农一师指挥部。在人事科一提到良房桂的名字,人事科的人就说:哦,是良房桂这小子呀,他可是我们师最有名气的人物了。山花这才知道二良哥现在已是胜利七场四连连长了,还是农一师鼎鼎大名的开荒大王。人事科的人问山花:你和良房桂是什么关系呀?也许是冥冥之中的事情,山花本来想说是二良哥的未婚妻,可话到嘴边又改口了,说:我是二良哥的表弟。

人事科的人告诉山花,这几天有车去胜利七场,会把她带上。当山花坐上去胜利七场的车,幸福喜悦的泪水像开了闸的洪水,想止也止不住;心里也是五味杂陈,很多很多的往事,都在她的眼前一闪而过。这一年多来太不容易了,几次她都差一点就死了,夜里流了多少眼泪也只有她自己才知道。终于要见到朝思暮想的二良哥了,想到这里,山花突然脸红到了脖子根。她的脑海里浮现出一个热热闹闹的婚礼场面。

良房桂头几天就接到师里打来的电话,听说他的一个表弟来找他,他还在琢磨是谁。可当山花从车上下来时,良房桂傻了,站在那里像个木头桩子,脸上的表情也是扭曲的。良房桂已经结婚两年了,他不知道山花会千里迢迢来找他。再说,在老家女孩一般到十八九岁就结婚了。他认为山花都二十多岁了,早就结婚了,谁知道山花不但没结婚不说还亲自找上门来了。

良房桂带着山花回家,在半路上,他对山花说:山花妹子,二良哥对不起你,我以为你早就结婚了,所以前两年我也结婚了。山花傻了,她望着二良哥,眼泪哗哗地流了下来。

良房桂叹息地说:我要是给家里写封信就好了。

山花抹了一把眼泪说:二良哥,你永远都是我的二良哥,从今天起,我就是你的表妹。

良房桂说:山花妹子,你回老家吧,嫁个好人家。

山花哭着跑向荒野。

冷美人

　　胡岚踏上火车,真有一点如释重负的感觉,总算逃出了整日喋喋不休唠叨的妈妈的身边。她隔着车窗玻璃,看到妈妈抹眼泪的样子。她不忍心再看下去了,就靠在座位上闭上了眼睛。

　　已经看不到妈妈追逐火车的身影了。胡岚忽然觉得自己心里空落落的。她从没有离开过妈妈的身边,就这样走了当兵,心里实在有太多的忐忑。她不知道部队生活是个什么样子,只觉得穿上绿色的军装很神气,最起码,她是那帮同学议论的话题。

　　其实,胡岚知道妈妈就是嘴碎,一天到晚爱叨叨而已,她也说不出妈妈其他哪里不好。从胡岚十七岁起妈妈就让她相亲,一直相到她当兵走的前一天。妈妈说:姑娘大了不中留,留来留去留成仇。唉!真是让人受不了。说真的,真是对不起妈妈的一片好心,相了那么多次亲,她没有给妈妈带来一点希望。妈妈仍旧乐此不疲地逼她去相亲。相得多了,她就落下个冷美人的绰号。入伍通知书都拿到手了,妈妈还是不依不饶地说:当兵走之前再相最后一次,当三年兵回来你的岁数就大了,合适的小伙子早就娶了,谁还傻老婆等茶汉子。岚子,咱们割把草凉着,又不耽误你的好前程,有好的咱就另择高枝儿,没好的咱们也不至于没人要。

　　胡岚连对方长啥样儿都没看清,就结束了当兵前的最后一次相亲。

　　到了部队下了新兵连,胡岚才发现当兵并不像想象的那样美好，就连上个厕所都要向班长报告，哪儿还有想说就说的自由了。总算熬过三个月的新兵连生活，她被分配到了团机关直属医院当护士。在团机关直属医院工作没多久，胡岚就发现几个泡病号的老兵，一天到晚围着她转，问这儿问那儿，她知道这是没话找话说。护士长一开早会就批评她，说：胡岚，我告诉你，这是团机关直属医院，不是打情骂俏的地方，我希望你安心工作，在自己的业务上多下功夫，老和那些兵痞子瞎聊什么？再让我看到你瞎聊天，看我不给你记一过。

胡岚一听护士长说这话，还要给自己记过，觉得自己也很委屈，谁不想好好工作了？谁在瞎聊天了？人家病号问问题，我不回答行吗？到时候人家告到你那儿去，我还不是得挨批。这些话了嘴边上了，可是她不敢说，只能默默地忍受着。她下了很大的决心，再也不和那些泡病号的老兵说话了，问什么都不知道，或者让他们去问护士长。

再到团机关直属医院看到胡岚，她就像高傲的公主，脖子扬得老高，目不斜视地走路。很多老兵在胡岚这儿碰了钉子，心里就不舒服，可是人家就是不搭理你也没辙。冷美人的绰号在部队就传开了，不仅战士们知道，全团干部也知道了。

主任听说后，就找她谈话说：胡岚呀，听说大家给你取了个冷美人的绰号，首先我想说，每个人都是向往美好的，美也是无错的，可是，一个人不是因美丽而美丽，是因为善良而美丽。对待自己的同志要像春天般的温暖，我们不能见了谁都冷若冰霜，我希望你尽快改了这种坏毛病，年轻人要拿出热情和积极向上的生活态度，面对工作，面对生活。

从主任办公室出来，胡岚冷冷地一笑，该干什么还干什么。冷美人的绰号也越传越远了，连长、营长都跑到医院泡病号，有老婆的想一饱眼福,没老婆的心里更是明镜似的,谁不想娶个漂亮的老婆呢!冷美人听起来就让他们心里痒痒的。

团长也听说了。那天,团长来医院看病,院长、主任生怕照顾不周,一直陪同团长检查完。团长并无大碍,只是需要打一针。团长说:就让冷美人给我打吧。

院长浑身一激灵,额头上一下子冒出了细细的汗珠。团长怎么连这都知道呢!太可怕了,团长还有什么不知道的呢?

第二天,团长来电话说:让冷美人把药拿到团部来给我打针。第三天,团长打电话说:我在家里,让冷美人到我家里来打针。

一个月后,团长摆了婚宴。再也没人敢叫胡岚冷美人了。

冷美人只属于团长。但是好像胡岚更冷了,团医院院长见到她都躲着,怕她那一身冷飕飕的光芒伤了自己。胡岚在医院里昂首挺胸目视前方,就像身边的一切都不存在。她从人前走过就像带着一股冷飕飕的风,胡岚就成了名副其实的冷美人了。

捡来的便宜

胡枚和一百多个女兵火车、汽车、马车颠簸了一个多月,才算到达目的地——塔河南岸的胜利十二场一连。她们感觉全身都散了架,恨不得躺在地上就美美地睡上一觉。可是,一声哨响,人就像从地里冒出来似的,呼呼啦啦地跑出来一大群,一个挨一个像树桩子立在她们的面前。

在简短的欢迎仪式上,储连长笑眯眯地开口说话了:同志们,

大家盼望已久的女兵今天终于到了,使出你们浑身的劲儿,鼓掌。一阵热烈的掌声过后,储连长面对胡玫她们几个女兵说:同志们,分给我们一连的女兵太少了,只有八个人,僧多粥少啊。不过我还是代表胜利十二场一连全体指战员,向你们表示欢迎。希望你们像男兵们一样,在我们一连迅速成长成为一名合格的军人,为我们一连增光添彩,收获你们人生最精彩的未来。

第二天吃过早饭,指导员就把女兵召集在一起开会。指导员先是讲了一连的光荣历史,之后就说:同志们,我们的战士们为推翻三座大山抛头颅洒热血,为了边疆建设毫无怨言地在这里扎根,在这里奉献自己的青春。他们东征西讨,从不计较个人的得失,他们早该为人夫为人父,然而,他们现在依然孑然一身,在这里为祖国驻守边防,建设边疆,他们是我们最可爱的人,他们是我们心里的英雄,我们不能让英雄流血还流泪,我们要让他们也过上幸福的生活,他们是男人,要有自己的家,要有自己的老婆孩子。

指导员说得很激动,用手拭了一下眼角,好像是在拭泪,然后带着一点哭腔说:女兵同志们,你们要用女人的温柔和爱,温暖他们冷冰冰的心,呵护他们单调的生活。胡玫此刻也品出了指导员意欲何为了,隐隐约约嗅到一种怪怪的味道。最后指导员说:女兵同志们,师首长和团首长在注视着你们,希望你们早日相中如意的郎君,我和储连长愿意做你们和老兵们的介绍人,让你们早日恋爱成婚,给我们老兵一个家,一份温暖。

储连长和指导员每天都找女兵谈话,了解女兵和男兵恋爱的情况。其实不用问也知道,哪个女孩子不希望自己嫁给一个好男人,最起码要年龄相当的;可是现在要面对的却是一百多个胡子拉碴的男人,矬子里拔大个儿也没有希望中的男人。

指导员就没日没夜地做思想工作,成效还是很显著的,一对一对都成了婚,只剩下胡玫一个了。有的姐妹悄悄地对胡玫说:玫子,早点儿动手,还有选择的余地,还能抓一个好一点儿的,你看,剩下的都是歪瓜裂枣的。胡玫早就下了决心了,没有自己看中的,就是说破天也不行。

储连长是个大老粗,把自己老婆也搬了出来,可还是不见效果,储连长就自己上阵:胡玫同志,我限你三天之内解决婚事,不然我就安排你到连队和男兵一起去开荒。胡玫毫不示弱地说:我是来当兵的,又不是来嫁人的。说完就和男兵一起去开荒去了。

储连长和指导员实在拿胡玫没办法。指导员说:我有最后一招。

什么招儿?储连长问。

指导员叫过胡玫,撂给她一件白板的老羊皮袄说:去,和老蔫巴去放羊去。

胡玫什么话也没说,拿着老羊皮袄就走了。

老蔫巴是一连最老实的男人,一直给连队喂马。去年,连队买了一群羊,老蔫巴就成了羊倌。

胡玫和老蔫巴去很远的草场放羊。草场只有一间五六平方米的小房子,而且又乱又脏,还有一股发霉的气味。老蔫巴卷起自己被褥扔在屋外说:你住在屋里。胡玫也不客气地铺好了自己的被褥。老蔫巴晚上睡在哪里,她才懒得管呢。

白天,胡玫什么也不说,老蔫巴赶着羊群在前面,她就跟在后面。羊群吃草她就躺在草场上晒太阳,看着白云轻飘飘的脚步。每天都是这样,连老蔫巴这个人她都没正眼瞧过。有一天,她躺在草场上看着看着就睡着了。等她醒来她发现看不到老蔫巴和羊群了。她想回羊圈,却迷失了方向。走了三天三夜后,她又饥

又渴,火辣辣的太阳直射在她的身上。她绝望地慢慢倒下了,在弥留之际,她觉得自己这辈子活得太不值了,什么也没做就这样走了。她曾经的理想和最最完美的爱情,只有等到来世再实现了。

等胡玫再次睁开眼睛时,她看到一张并不算难看的面孔。老蔫巴说:哎呀,总算醒过来了。说完,他端来一碗羊汤给胡玫喝。喝了两口,她发出微弱的声音:我太饿了,给我肉吃。

老蔫巴说:现在不能吃肉,饿了好几天,先喝点儿汤,等一会儿再吃肉。

我都快饿死了。

老蔫巴说:现在不能大量进食,会有生命危险的。每次他都揪了一点肉放在胡玫嘴里,隔一会儿再喂一点。很快胡玫的身体又恢复如初。胡玫和老蔫巴的话也多了起来,从战争故事说到眼下放羊。胡玫问:你救我杀了一只羊,连里处分你咋办?老蔫巴笑了笑说:处分就处分,我也不能看着你死。

那年深秋,老蔫巴、胡玫和羊群回到连部时,人们发现胡玫的肚子一天比一天大。大家都说老蔫巴捡了个漂亮老婆。甚至有人后悔当初没去放羊,让老蔫巴捡了一个大便宜。

老牛的自行车

老牛是威风过也风光过的人,所以人家老牛现在很淡定。对于现在那些狂得像发情小公狗似的小年轻,老牛见了总是淡然地一笑了之,该干啥还干啥,从不说什么。

老牛的淡定在团里早就出了名,甚至有人背后给老牛取了一个"老装"的雅号。可是了解老牛的人,可不敢说这些恭维老牛的话。老牛是谁？老牛曾经是咱们七团最狂最傲的人,你们那点狂算什么？还不抵老牛的千分之一。这是和老牛一起工作过的老戴说的。

说归说,可谁也不知道他当年是咋狂的咋牛的。想想刚到塔里木屯垦戍边那阵子,吃不饱穿不暖,想狂也得有狂的资本呀。大家对老戴说的话,都非常怀疑。有人说:老戴,你吹牛也不打个草稿,你们那时候有什么呀？我听我爸说过了,你们那时候,每天除了撅个屁股开荒抢坎土曼,还有啥呀？住的是地窝子,吃的是马料,哼！连一点娱乐都没有,闲了,谝传子(聊天),有歌厅？有咖啡厅吗？

老戴一听问他这些就直摇头。老戴说:一个时代有一个时代的特征,我们的时代也有令我们感到骄傲的东西,我们那时没有歌厅、咖啡厅,可我们有无比火热的心,怀着保家卫国的热情和决心,在这片蛮荒之地扎下根,我们是从无到有,我们把戈壁滩建成现在的小城镇,这就是我们的骄傲。

老戴说着眼圈就红了,年轻人一见老戴这副模样,就都散了。

忽然有一天,老牛又牛起来了。一大早,老牛穿着一身乳白色的西装,裤子还是那种不系皮带,打着两根背带的西裤,脖子上打着鲜红的领带,骑着那辆老掉牙的自行车,在团部的大院子里晃悠。速度不快,比走路快不了多少。团长的车一进院子,就差一点碰上老牛骑的破自行车。停下后司机说:这个老牛,今天咋了？穿成这个样子,跑到团部院子瞎转个啥？

团长没说话推开车门下去了。老牛看团长下车了,他转身骑着自己行车走了,转了一圈又回来,跳下自行车对着团长笑。团长说:老牛啊,你这是来的哪一出呀?

老牛说:看我的身体还好吧?

团长说:您老的身体没人可比呀,要说你比小伙子还强,那是说假话。团长伸出手拍拍老牛的肩膀:但在我看来,也差不了多少。

老牛说:看看我这辆自行车,和你的小轿车相比哪个好?

团长笑了,说:老牛,这就没办法比了,就像红缨枪和高射炮相比较,根本就没法比呀。老牛,你这不是在开玩笑嘛。

老牛笑着说:全团人都知道,这辆破自行车是我老牛的宝贝,我问个问题,你要是答对了,我把它送给你。

老牛,这东西给我我也不敢要呀!君子怎能夺他人所爱呢!团长说,再说了,你舍得给,可我往哪儿放呀?

老牛一本正经地说:你就告诉我,这个车子是啥牌子就行,你要不要没关系,反正我要捐到军垦博物馆了。

团长心想,就这么个破自行车,我还能看不出是啥牌子?咱也是骑过自行车的人;还要捐给军垦博物馆,军垦博物馆又不是收破烂的,什么都能摆得进去。团长虽然心里这么想,可还是望着老牛笑了笑,移开目光就往自行车上瞧,可是围着自行车看了半天,也没看出个究竟。在自行车车把下方有一个牌子,上面有一个火车头,写的字他就看不明白了,那是外文。团长对司机摆了一下手,司机下来走到团长跟前,团长说:自行车我见多了,可咋就没看出这是个啥牌子的?

司机原本看着团长就有些奇怪,围着个破自行车有啥好看的,团长一说自行车的牌子,他看了也傻眼了,说:咦!奇怪了,我从没见过这个牌子的自行车。永久、飞鸽、飞鹿这些老牌子我都见过，这个我也不知道。团长望着老牛说：老牛，您还别说，我还真没见过这个牌子的自行车。

老牛哈哈大笑起来，说：你们知道我老牛当年为啥牛？就是这辆火车头牌的自行车，是苏联产的，也是我们团，不，是农一师第一辆自行车。那时，团长坐的才是破212吉普，我的自行车比团长的吉普还牛，走到哪里，哪里就是一大堆的人，摸呀看呀，咳！我老牛那时可真叫牛，连师长、兵团司令都知道咱老牛啊！

团长说：哟，这辆自行车还有这样光辉的历史呀！

老牛一本正经地望着团长，说：那当然，不然军垦博物馆能要破烂吗？咱这叫历史，触摸它就是触摸兵团农一师的一页创业史。

自从把自行车捐到军垦博物馆，老牛就经常往军垦博物馆跑，去了就是看他的那辆自行车。有时还拿出来，在军垦博物馆的大院子里骑上几圈，骑高兴了，再唱上几段老戏，《沙家浜》《洪湖赤卫队》什么的，看上去，老牛感觉非常陶醉。

有一天，军垦博物馆新来了个管理员，是个小姑娘，工作非常认真。老牛要拿出那辆自行车骑，小姑娘说啥也不让。老牛有一点火，可是面对一个小姑娘，又没办法，老牛就唱起了现代京剧《打虎上山》。小姑娘不知道怎么回事儿，看到老牛吹胡子瞪眼的架势就哭了。馆长看到这一幕，赶紧走过来，对老牛说：牛师傅，这个小姑娘刚来不知道情况，拿出去骑吧。老牛这才停下唱腔，推着自行车在大院子里骑了好久，从那以后，老牛再也没来过军垦博物馆。

后来听人说，老牛回老家了。再后来听说，老牛在老家去世了。

那辆老自行车一直摆在军垦博物馆里,依然默默地讲述着屯垦戍边的故事。

有人说,那辆火车头牌自行车,是兵团人艰苦卓绝奋斗的见证。

老何的褂子

老何有一件从不舍得穿的褂子。老何不是什么大人物,只是团里开拖拉机的。其实老何的褂子也没有什么珍贵的,就是一件很普通的土布无袖白褂子。这种白褂子在团里不算少,很多人都有。那时候,背心还没有普及,夏天穿的就是这样的褂子。可是谁问那件褂子背后的故事,老何都说:没有故事,只是一件褂子。

老何一个人的时候,常常打开一个小包裹,拿出那件褂子,打开叠上,叠上再打开。团里的人都知道这件褂子有故事,可是老何就是不说,瞎猜的人编排了不少版本的故事。第一个版本说,老何在当兵之前,娶了个俊俏的媳妇,临当兵的时候,媳妇给老何做了这件褂子。老何不舍得穿的原因,是怕穿坏了就没念想了。另一个版本说,这是母亲给老何亲手缝制的一件褂子,就在老何横扫大西北的时候,母亲却死在了寻找老何的路上。还有人说是老何一个老相好送的,也有人说在解放兰州城的时候,老何救了一个非常漂亮的风尘女子,她感激老何的救命之恩,就送了老何这件褂子。这些版本的故事好像都贴点边儿,可都是传言,没有一个人敢站出来拍着胸脯说,这就是老何那件褂子的真实故事。没有老何的点头,啥都是瞎编的。

老何是个少言寡语的人,才四十五六岁,就像五十多岁的样子。除了整天坐在拖拉机上突突地开拖拉机,就是拿块抹布,把那辆拖拉机擦得铮亮,把人都能照进去。别人稀里哗啦眨眼就把家成了,可老何还是光棍一个人,一个人吃饱全家不饿。连长说:老何,下次我们连再分来女兵,我让你先挑,剩下的再让那些猴急的家伙们抢。老何嘿嘿一笑说:先紧着那些后生小子们吧,我,不急。

连长很疑惑地望着老何说:不对吧,老何,你老家是不是有老婆?不然人家都急得晚上挠墙口床板子,你咋和没事儿人一样。

老婆,我没有。老何说,连长,僧多粥少,分给我们连的女兵本来就少,先紧着那帮猴急的小子们吧,我反正也快五十的人了,再等两年也不急。

连长和指导员私下里也犯嘀咕,这个老何到底是怎么回事呢?全连一百多号人,一半多总算解决了成家的问题,还有好几十个没娶媳妇的光棍,整天跑到连部来,嬉皮笑脸地嚷着:连长,咱们连什么时候再分女兵呀?你没见那一群馋猫的样子,简直就像一帮饿花了眼的狼,眼睛里都冒着绿光。可这个老何就像这事儿和他没什么关系似的。要说老何的条件,比别人好多了,最起码他还有一个开拖拉机的技术。

指导员说:看来我得找他谈谈了,谁知道他葫芦里卖的是什么药。

连长说:谈谈就谈谈,知道别人想要什么,好对付;就怕你不知道人家想要什么,这可就难办了。

指导员回来了,连长问:谈得咋样?

指导员挠挠头说：和没谈一样。

连长说：哼，我就知道是这个结果。天要下雨，娘要嫁人，爱咋的就咋的吧，反正不出事儿就算万事大吉了。

一天，连部桌上电话铃急促地响起，连长抓起电话：喂，七连。

放下电话后，连长挠着头问指导员：老何是叫何帮贵吧？

指导员点点头说：对，就叫何帮贵。咋了？

连长说：师里来电话说，让我们转告老何把那件褂子准备好，一会儿师里派车来接他去师部，有位大领导要见他。什么样的大领导要见他呢？连长自言自语地嘀咕着。

是呀！指导员说，从没听说老何认识什么领导，而且是大领导。

连长说：走吧，我们去通知老何准备一下。

指导员说：我就不去了，你去通知一下就行了。

顺便也弄清楚，这个老何到底是什么来头。连长说。

哦，指导员说，这我倒没想到。

连长和指导员到了机务排，老何正在擦拖拉机。连长说：老何，你老实交代，你到底认识哪个大领导？

老何停下手里的活儿，笑嘻嘻地说，我认识的最大的领导就是你们两个。

指导员说：老何呀老何，你这个人太不老实了，那师里打电话来说，一会儿派车来接你，有个大领导要见你。

老何头摇得像拨浪鼓，起誓发愿地说：我可不认识什么大领导，我要是认识什么大领导，天打五雷轰。

连长说：还让你把那件褂子准备好呢。

老何一听让他把那件褂子准备好就笑了，说：什么大领导呀，他是和我一起参军的老战友,叫小马枪。

连长和指导员面面相觑。指导员疑惑地望着老何:不对呀,老何,那件褂子又是怎么回事儿?

老何说:哎呀,就这件褂子整得大家胡乱猜测了很多年,我现在就告诉你们。那时候,我和小马枪在做地下工作,为了藏匿情报,就做了一件褂子,其实这件褂子和别的褂子没什么不一样的,只是在纽襻上做了一些手脚。

当师里的车载着老何驶出连队时,连长和指导员才知道,要见老何的人是兵团副司令员。大家都说,老何这回不用再回到连队吃苦受罪了,有一个当副司令员的老战友,想干什么还不是一句话的事儿?

可是第二天老何又出现在机务排,大家都说:老何,你咋不和副司令员说说?到师里团里多好,总比开拖拉机好得多。老何笑了,不紧不慢地说:一个人自在惯了,这样挺好。

兰金发的秘密

兰金发的秘密就藏在他的名字里,这只有他自己知道。兰金发不是复转军人,他是个讨饭的。那年,兰金发走到十七连就不走了。他说,他是青海格尔木人,家人都被马步芳的马匪杀光了,就剩下他自己逃出来讨饭走到了这里,实在不想再走了,想留下来,混口饭吃就行了。他说的时候还一把鼻涕一把泪的,让听了

的人心里都酸酸的,都恨死了马步芳那帮顽固不化的马匪。那时候人口管理很混乱,看兰金发模样憨厚,不像个坏人,也没经过调查就把他留在连里了。当时连里太缺人手了,开出来的荒地总得有人管理吧,不然打不出粮食,荒不是白开了吗?汗不也白流了?

在连里,兰金发算是三扁担打不出个响屁的那种人,但干活儿还算卖力气,大家也不讨厌他这个人。兰金发最大的毛病就是不爱说话,一天到头也说不上三句话。有几个无聊的年轻人,就在暗地里打赌,如果兰金发一天说话超过五句,大背头苏子利到塔里木河去捞十斤鱼,供连队伙房改善伙食;如果超不过五句,猴子刘松林去塔里木河捞十斤鱼,供连队伙房改善伙食。

猴子刘松林说:我随便惹他说话行吗?

大背头苏子利说:行,你不怕连里处分,打他都行。

第二天,猴子刘松林和大背头苏子利一上工就跟在兰金发左右。猴子刘松林想着办法惹兰金发说话,可兰金发除了笑就是不开口说话。到了下午,猴子刘松林有些急了,他想故意激怒兰金发,看你还说不说话。猴子刘松林就用陕西土话骂他:俄(我)和你说了那么多的话,你咋连个屁都没有。

兰金发扛着坎土曼转身就走了。猴子刘松林不得不带着捞鱼的渔具去塔里木河捞鱼。兰金发像个活死人,这在连里传开了。临近几个连的人也听说了,都觉得奇怪,好好的人不聋不哑怎么不说话呢?大家就成帮结队跑到十七连来看稀奇。兰金发一时间变成了公众人物。兰金发想躲,可躲到哪里都有人把他揪出来,这些人不见到兰金发就是不走。后来,兰金发也不躲了,谁愿意看谁就看,他该干什么干什么,就好像这和他没什么关系似的。时间久了,大家这股子好奇的劲儿也淡了。可是这倒引起了公安局刑警队一个人的注意,他就是刑警队大队长范浩。他觉得这有些不符合常理,这个人要不就是精神方面有问题,再不就是可能隐藏着什么,心理素质特别过硬,处变不惊,这是很多人做不到的。他决定也去十七连看看,说不准就捞到一条大鱼。

范浩没有穿警服,他不想惹不必要的麻烦,引起兰金发的注意。他远远看着兰金发干活的背影,感觉没什么不一样的。走近了,范浩的目光刚好与兰金发的目光相遇,就在那一刹那间,四目相对,范浩把手移向了腰间的手枪,随口喊了一个名字,金兰发。兰金发干活儿的手稍微停顿了一下,继续干着自己的活儿。这一切没有逃过范浩的眼睛,他迅速拔出手枪指向兰金发,微笑着说:好了,金兰发,别再演戏了,可以露出你的庐山真面目了。

兰金发这才缓缓地撂下手里的活儿,漫不经心地拍打着身上的灰尘,之后,长长出了一口气,抬起眼睛看着范浩,说:对,戏是该收场了。

在审讯室里,范浩和另外一个同事坐在金兰发的对面。范浩:说说吧,你潜伏在十七连有什么任务?

金兰发:没有任务。

范浩:就这么简单?

金兰发:我的任务就是潜伏下来。

范浩拿起一沓材料,说:这些都是和你有关的材料,不信,我给你念上一点儿?

金兰发望着范浩不语。

金兰发,1928年出生于青海格尔木,20岁进了马步芳创办的救国特训班,擅长射击、电讯,精通无线电维修。他曾成功地潜伏在西宁,刺杀了爱国宗教人士马学贵大毛拉,新中国成立后失踪。

范浩说:这些是你的材料吧?

金兰发说:没错,是我的。

范浩说:既然是,是不是也该说说你这次潜伏的任务。

金兰发说:真的没有具体的任务,如果需要我执行任务,有人会跟我联系的。

你在十七连待了几年了,就没接到一次任务?范浩问。

金兰发:没有。

他们怎么和你联系?

没有联络方式。

好吧,我希望你回去后好好想一想,如果想起什么,可以随时找我。范浩临出审讯室时,扫了一眼金兰发,顿了一下说:你这个名字是不是还可以这样念,金发兰或者兰发金?

金兰发抬起眼睛望着范浩。范浩又坐下来:如果我猜得不错的话,你不是金兰发也不是兰金发,你是黄青周。

沉默许久,那人哈哈哈大笑起来:我是黄青周。

范浩点着头:嗯,这就对了,你终于露面了。你的任务?

刺杀苏联来访专家。

审讯完,那个一同审讯的同事问范浩:大队长,你咋知道他不是兰金发和金兰发?

因为根本就没有这两个人。

那你,你为什么这么叫他?

我是在迷惑他。

你咋知道他叫黄青周?

金是什么颜色?蓝色又叫什么色?

金是黄色,蓝色也叫青色。哦!我明白了。

胡杨林里的爱情

放羊可不是一个好干的活儿。连长说：我可不想落个整知青的坏名声。

指导员瞟了一眼连长说：得罪人的事儿全归我，你就做你的好人吧。

我不是想当好人，这帮孩子一个比一个娇气。连长叹口气说，哎，我还刚张嘴呢，人家那边就哭上了。就像我把她们怎么着了似的，特别那个叫周莉莎的，我的个娘叻，简直就是个资本家的大小姐，娇滴滴的，说起话来让人直起鸡皮疙瘩，后脖根子直冒凉风。

没你说的那么邪乎，比妖魔鬼怪还可怕，打了那么多年的仗，什么场面没见过，你还会怕这？指导员笑着说：人家只不过多读了几年书，在咱们这些大老粗面前，不拽一下，怎么显示人家是文化人呢！指导员边收拾桌子上的东西边说：行了，我还不知道你，把别人说得这么吓人的，不就是想把这得罪人的活儿推给我嘛。

连长作着揖，笑着说：我的大指导员，有你，我肩上的担子就轻多了。

这批知青一分到连队，就让连长特别发愁，一个比一个娇气，这连队是要干活儿的，来了这么一帮子公子哥大小姐，可都怎么安排呀？伙房、菜地、养猪场都安排完了，可还剩俩最要命的人，

一个娘娘腔的赵力,一个娇滴滴的周莉莎。他俩干大田活儿,连坎土曼都举不起来;安排到伙房,把一棵白菜剥得只剩下个白菜心儿,让老司务长给退了回来;到菜地拔草,把菜苗拔了,留下的全是草,又被菜地老班长给撵了回来;带到猪场没站三分钟,就吐得一塌糊涂。没辙了,现在只剩下放羊这个活儿了,能不能干都得去了。

指导员把这两个人带到胡杨林里的羊圈,说:以后你们两个就在这里放羊了,十天半月的,连里会派人来给你们送粮食送清油送菜。两人同时说不会放羊,指导员就把原来放羊的留下,说:老磕巴,尽快教会他们放羊,下次派人送粮食,你就跟着回去。

其实,放羊没什么难的,哪里草长得好,就把羊群往哪里赶。赵力虽然是个娘娘腔,终归是男人,几天就学会了放羊。大小姐周莉莎每天跟着羊群走,老磕巴说什么,她也从不往耳朵里去,整天用一条红纱巾把脑袋包起来,看上去就跟一个红火柴头一样,在胡杨林里显得特别醒目,见到什么都大惊小怪地尖叫。

连队的放羊牧场有两间地窝子,一间原本是储物间,现在收拾出来给周莉莎住。老磕巴走了之后,赵力每天赶着羊群放牧,周莉莎还是那么跟着。原本赵力对周莉莎还是有好感的,只是周莉莎一直不给他这个机会,他只能把自己的那份爱藏在心里。现在感觉好像天赐良机,他想在周莉莎面前大献殷勤,打水,做饭,只要他能干的他全帮周莉莎干了。可是周莉莎不领这个人情,就当他是跳梁小丑一样,根本就没往心里去。

赵力觉得没有焐不热的石头,只要他拿出铁杵磨成针的劲头,周莉莎早晚都是他的那盘菜。周莉莎心里想什么呢?她对赵力这人太熟悉也太了解了,从小一起长大又是同学,她一看到赵力娘娘腔的劲儿,心里就犯恶心,要是和这样的人生活一辈子,至少要少活几年。她渴望奇异而又神圣的爱情,她不想勉强自己和不相爱的人恋爱结婚。

其实,她也认真考虑过,觉得赵力这人也没什么不好的,除了是个娘娘腔,可以说这人没什么缺点。周莉莎也时常自己暗自叹息,在这个胡杨里别说谈一场轰轰烈烈的恋爱了,就是想多见个人都比上天还难啊。可是要让她和赵力谈恋爱,好像还早得很。

那天,周莉莎跟着羊群漫不经心地走着,忽然她听到一阵很优美的歌声。那歌声苍凉却很有穿透力,不知唱歌的人和这里相距有多远,只觉得歌声好像是穿过层层叠叠的胡杨林传过来的。她停下脚步仔细听着,没听懂歌词,但优美的旋律,她还是听出来了。

赵力,你听到了吗?周莉莎问,这胡杨林里还会有其他人?

当然听到了。赵力说,估计也是放羊的。距离我们放羊的胡杨林十几公里处,有几个维吾尔村庄,我想,他也是放羊的,或者是路过这里的人。

周莉莎说:我去看看。

算了,有什么好看的。赵力说,万一……

有什么万一的,不就是个人吗?又不是大老虎要吃了我。周莉莎说。

周莉莎顺着歌声找去,她真的看到了一群羊和那个放羊的维吾尔小伙。周莉莎迎上去说:喂!你好,我是胜利十三场的周莉莎。我们在那边放羊。

那个维吾尔小伙子看到周莉莎,显出些许吃惊地说:哦,不好意思,我是托海乡十七大队的阿里木。是不是我不该把羊群赶到这里来？

没有啊,这么大的胡杨林谁也不会妨碍谁的。周莉莎说,你的歌声真好听。

是吗？阿里木说,你要是喜欢听,我每天都唱给你听。

你的汉语说得很好。

我当过兵,是在部队学的。

从那以后,周莉莎就经常把羊群全都甩给赵力,自己跑到阿里木这里听唱歌儿。时间长了,也会听到周莉莎一遍遍学唱的声音。来送粮食的人,每次都看不到周莉莎,只有赵力一个人放羊。后来才知道周莉莎去听歌儿学唱歌儿去了,就把事情报告给了连长和指导员。

连长和指导员知道这事儿,两个人瞪着眼睛,异口同声地说:恐怕要出事儿。连长和指导员跑到胡杨林,找周莉莎谈话,周莉莎反倒问连长和指导员:谈恋爱犯法吗？

连长和指导员对视一眼说:不犯法。

那好吧,周莉莎说,我和阿里木在谈恋爱。

连长和指导员走了。胡杨林里时常传出阿里木的歌声和周莉莎欢快的笑声。

光棍连

胜利三场六连一水的男人,从连长到职工,全连一百多号人都是光棍儿,也就落了个光棍连的称号。

连长王喜子跑到团部找团长说:团长,我这个连长可干不下去了,我们六连连飞个蚊子都是公的,你说,团长,我这个连长还咋干嘛,这帮家伙天天向我要老婆,我到哪儿给他们弄老婆去!

团长笑着说:怎么,盯不住了?

连长王喜子说:真盯不住了,团长,别的连不管咋的,上次来了一批山东女学生,还给分了几个,可我们六连一个也没给分。连里好多人都在闹情绪,骂我没本事,一个女学生也争不来,哪怕弄一个女的来,让大伙看着也好呀。

团长回过头问王副团长:老王,你负责这方面工作,怎么把人家六连给忘了呢?

没忘,分也分了,只是中间出现了状况。王副团长说:我让九连张柱子把分给六连的五个女学生给六连捎过去。可是……

团长说:可是什么?

王副团长说:可是,张柱子这家伙把那五个本来分给六连的女学生,全都拉到他们九连去了,他还来了个先斩后奏,回去就都给配上对儿了。等我知道木已成舟了。

团长眯起眼睛在脑海里搜寻着,突然手拍桌子说:我想起来

了,就是那个打仗不要命的家伙,两个手抱着挺轻机枪,硬是把敌人打得抬不起头的那位,是不是他?

王副团长说:就是他,这家伙干什么都和别人不一样。

团长说:他现在也当连长了?

连长王喜子一拍大腿说:哦,我知道了,分给我们六连的女学生,是被九连张柱子这家伙给弄走了。好,我现在就找他算账去,敢抢我们六连的女人,我看他是想和我王喜子大干一场了。我们六连是好惹的吗? 也不买二斤棉花纺一纺,我六连也不是吃干饭的。

行了,别胡来,团长说,我和王副团长会处理好这件事的。

怎么处理? 连长王喜子说,我们的人都被抢跑了,他是不是觉得我们六连好欺负? 别忘了,我们六连可是一水的光棍,想老婆早就想红了眼,到了我们嘴边上的肥肉还让张柱子抢跑了,团长你说,谁能忍下这口气? 如果这事儿让我们那些想老婆想红眼的光棍知道了,非得把张柱子的人头砸成狗头不可。他张柱子还真把我们光棍连当成软柿子了。

团长心里清楚得很,这事儿看似小,可如果处理不好,就会惹出大麻烦。自从部队集体就地复员,改为生产建设兵团,虽说还保持部队正规化管理,但娶老婆说媳妇的事儿,成了各级领导最头疼的事。这帮老兵打了大半辈子仗,生生死死他们见得多了,冲锋陷阵也是个个儿像老虎。现在没仗打了,这些人能不想老婆吗? 说来这些人年龄也都不小了,要是不打仗,孩子早就一大群了。说真的,打仗的时候,他还真的没有发过愁,可想给全团每个人都弄个老婆,还真是个让人发愁的事儿。团长在办公室里来回踱着步。看着光棍连连长王喜子气得脸红脖子粗的样子,团长走上前拍了拍他的肩膀说:别动那么大的肝火,不就是抢走你五个女学生吗?下次再来女学生,给你们连多分几个。

王副团长也忙着在旁边敲着边鼓,说:对,下次再分来女学生一定给你们多分几个,我王长富亲自给你们送去,我看谁还敢半路劫了去。

这个张柱子也太没有组织纪律性了,团长说,这要不好好处理他,他能把尾巴翘到天上去。我建议,给他记大过一次,写书面检查。我就不信了,这张柱子我还收拾不了了。

王副团长对王喜子说:我说,王喜子啊,你自己也想想办法,谁老家没有个三亲六故的,都写封信回家问问,有愿意来的大姑娘小媳妇,给他们假给他们开介绍信,让他们回老家把媳妇带回来,这不就解决一部分人的问题了吗?但是,我要声明一点,娶小媳妇可要慎重,要干净利索的,不能拖泥带水,咱们可不能抢别人的老婆。

连长王喜子说:开荒种地这么忙,我怕耽误生产。

哎呀!我的王喜子连长同志,团长说,你咋那么死脑筋呢?啊?娶来了老婆不也是劳力吗?再说了,你指望我们给你们分老婆,那要等到猴年马月去?你赶紧回去动员大家,写封信,和家里联系一下,想来咱们生产建设兵团的男女咱们都要,老子就不怕人多。

很多人不认识字儿,写信更别想了。王喜子说。

王副团长说:你们连的文书呢?

团长说:对,让文书给每个不会写信的写一封,有愿意来的大姑娘小媳妇,给他假,让他回去接,我就不信活人还能让尿憋死。

王喜子说:那以后再分来女学生……

放心吧,少不了你们的。王副团长说。

团长说:王喜子,打仗的时候,你可从来没有落在别人的后边,现在怎么了？你竟然成了光棍连的头头,你觉得很光荣是不是？今年你要不把光棍连的帽子摘了,我就处分你,你听到没有？这是政治任务。

对了,你得先把你自己的问题解决了。王副团长说,我就不信,你没当兵之前,就没有相好的。管她长得什么样子,先弄来再说,咱们这儿现在狼多肉少,僧多粥少,就长得像猪八戒他二姨,也不会剩下的。你要能接来十个大姑娘小媳妇,到了年底我和团长给你戴大红花。

对,你有本事给我拉一车大姑娘来,团长说,我提拔你做副团长,就干老王的活儿。

我不是怕影响生产吗,要不然我早就接来了。连长王喜子说,我还有个担心,全连人都没老婆,我当连长的先把老婆搂上了,怕影响不好。

你哪来的那么多的怕,你当我们是什么人,娶老婆还得一起娶,不娶大家都别娶,梁山好汉也不是一起娶老婆的呀。团长说,我先准你的假,赶紧去把媳妇给我接来。